青春50きっぷ

プロフィギュアアスリート 山中輝世子の贈る物語

山中 輝世子

目次

一・淋しい熱帯魚

二十代の頃、
鏡の自分と目を合わせて、もっとキレイになりますようにと未来の自分に胸を膨らませていた
美貌があれば何でもできる
美しくなれば、もっと幸せになれる
あの頃はそう思っていた

桜並木が満開を迎えている。昼食を終えた希美子はうっとりしながら窓の外を眺めていた。遠くに視線を移すといつも見えていた山が全く見えない。春の霞のせいで見えないのか、それとも黄砂の影響か、どっちだろう。そんなことを考えていると、デスクの上のスマホからラインの着信音が聞こえた。その瞬間、相手は和代だと直感が働く。

『緊急会議！　今夜、レトロは？』

やはり和代だ。直感は当たった。

『了解です』

即答すると、すぐにサンキューのスタンプが届いた。そのまま娘へラインを送信。

『今夜　和代さんと女子会することになりました　少し遅くなります』

『了解　思いっきり楽しんできてね』

すぐに娘から返事が届いた。これで今夜の女子会は成立だ。

大江希美子《おおえきみこ》は建設会社の総務課に勤務して二十一年になる。バツイチで現在は独身。シングルマザーで一人娘を育てた。

社内には希美子と同年齢の女性社員がもう一人いる。ラインの送り主の水瀬和代《みなせかずよ》だ。和代も同じくバツイチで現在は独身。子供はいない。設計課に勤務して二十七年になる。

希美子と和代はかれこれ二十年以上、親しい関係が続いている。所属先は違うが更衣室のロッカーが向かい合わせで、そこから交流が始まった。

「大江さんと私って同級生なんだ。誕生日は？」

「四月十二日。水瀬さんは？」

「私は四月五日。結構、近いね」

二人とも四月生まれであることが分かった。

「希美子さんってお酒は飲むの？　私はワインに凝ってて、金曜日は必ずワインを買って帰るの」

「私もだんぜんワイン派。おすすめがあれば教えてね」

ワイン好きという共通点が見つかった。

「ねぇ、今月って二人とも誕生日でしょ？　会社の近くにレトロ本舗ってワインの美味しい店があるのよ。仕事帰りに二人で飲みに行かない？」

六年前の四月、和代の方から声をかけ、お二人様の女子会が始まった。曜日は金曜日、時間は六時半、お店はレトロ本舗、完全にパターン化している。

二人が勤める会社では、年に一回会社の制服を一新するのが決まりだ。全女性社員の投票によって制服のデザインが決定する。女性社員のほとんどが二十代から三十代で、アラフィフは希美子と和代の二人だけ。投票制のため、自ずと若い女性社員の好むデザインの制服が選ばれる。

今回選ばれた制服は、胸元に大きなリボンが付いた白いブラウスとベージュのベスト、それとグレーのプリーツスカートの三点セットだ。確かにおしゃれで可愛い。あくまでも若い子が着るから可愛く見える訳で、オバサンが着ると無理して頑張ってる風に見える。ようするにオバサン向きではないのだ。今週から新しい制服に変わり、更衣室の中は制服ネタで大いに盛り上がっていた。

「今回の制服、オシャレで可愛いよね。かなり気に入ってるんだけど」

「私も。前の制服ってオバサン臭かったじゃない？　絶対にこっちの方がいいよね」

新しい制服は、女性社員からかなり評判が良い。無論、アラフィフ二人を除いての話。皆がキャピキャピしながら着替える姿を傍目に、アラフィフ二人は半ば諦めの境地で制服に袖を通している。今朝、こんな一幕があった。

「私、来年で五〇よ。こんなアイドルの衣装みたいな制服、どうやったって変でしょ」

和代は鏡に映る制服姿の自分を見ながら愚痴っていた。これは周囲を笑わせるための、いわゆるリップサービスだ。周りにいる女性社員もそれを理解し、更衣室の中は和やかな空気に包まれていた。しかし、ある一言により和やかだった空気が一変する。

「もうすぐ五〇？　ママと一緒だぁ。五〇でこの制服ってかなりヤバイですよぉ」

鏡越しに和代を見ながら、若い女性社員が全く悪気の無い顔でサラッと言ったのだ。悪意のある顔で言われると、それなりの対処が出来る。しかし全く悪気が無くサラッと言われると、どう反応すればいいのか分からない。

「ヤバイってどういう意味？　凄く似合ってるって意味？」

「違いますよぉ。イタいって意味ですよぉ」

和代がわざと自虐的に質問を投げかけると、やはり悪気の無い顔でサラッと答えた。昨年入社した竹本ユキナは日頃から失言が多く、社内にアンチが多い。空気を読むのが苦手なのだろう。入社して一年経つが、空気を読むスキルは全く身についていない。

「イタい？」

「そう、イタい。けどママよりマシですよ。ママの方がもっと太ってるしイタい。ハハハ……」

ユキナは最後まで悪気の無い顔のまま更衣室を出て行った。

「水瀬さんは小柄だし、可愛い系のデザインも似合いますよ」

隣にいた女性社員がフォローに回ったのだが、今度は気を遣っているのがバレバレで更衣室の中は気まずい空気が流れた。以上が今朝の一幕である。現場に居合わせていた希美子は、和代から女子会のお誘いが来る予感がした。だからスマホの着信音が聞こえた瞬間、和代だと直感したのだ。

仕事を終えた希美子は、そのままレトロ本舗に向かった。お店は会社から徒歩十五分ほどの距離にある。近すぎず遠すぎない距離感もここを気に入った一因だ。レトロ本舗は昭和をテーマにした和風居酒屋で、レトロな看板や雑貨がそこかしこと飾られている。インスタ映えする居酒屋としてメディアで取り上げられたことがあり、それを機に若い女性客が急増した。

レトロ本舗を行き着けに選んだ一番の理由は、居酒屋ながらワインのメニューが充実しているところだ。気軽に飲めるハウスワインのメニューが驚くほど揃っている。居酒屋メニューをあてに、安くて美味しいワインを飲むのが二人の定番スタイル。

待ち合わせの少し前に到着すると、和代はすでに入店していた。ワイングラスを片手に持ち、希美子に向かってこっちこっちと手招きをしている。思いのほか、かなり上機嫌だ。

「お疲れ！」

「お疲れ様。機嫌いいね。何かいいことあった？」

希美子が笑いながら言うと、和代は嬉しそうに目を輝かせた。

「するどい！　さすがベテラン！」

すでに酔いが回っているらしく、かなりテンションが高い。

「その前に、とりあえずワイン」

「何飲んでるの？」

和代は左手に持ったワイングラスをほんの少し上げた。

「チリカベにした。チリカベっていかにも庶民の味方って感じがしない？　そこが好きなのよね」

チリカベとはチリ産の赤ワインの略称だ。果実味が濃くて飲みやすく、さらにコストパフォーマンスまで高いのだから人気が出るのは当然だろう。

「じゃあ、私もチリカベ」

希美子もチリカベをグラスでオーダーし、さらに焼き鳥二人前と大根サラダも注文した。

「新しい制服のことで機嫌が悪いと思ってたから、機嫌良さそうでホッとした」

「あぁ、今朝の竹本ユキナね。せっかく忘れてたのに、また思い出したじゃない」

新しい制服というフレーズを耳にした途端、和代はわざとらしく不機嫌な顔を作った。

「これから一年間、あの制服を着ると思うとゾッとする。希美子さんは細いからピンとこないだろうけど、あの制服ってやたらと太って見えるのよ。若くて華奢な子が着たら似合うんだろうけどさ。小太りアラフィフにとっては罰ゲームみたいな制服よ」

希美子が適度に愛想笑いを浮かべると、言い足りないとばかりに和代のスピーチは続く。

「胸元の大きなリボン。あれが身体をより厚く見せて余計に太って見えるのよ。それとベージュのベスト。そもそもベージュって膨張色じゃない。何でベージュなの？　プリーツスカートも学生っぽい感じがして気に入らない。どれもこれも私へのあてつけに感じる」

和代のスピーチはますますヒートアップする。

「しかも今朝、竹本ユキナが私にはっきり〝イタい〟って言ったじゃない。上司とか男性社員に言われたら、パワハラとかセクハラで訴えてやれるけどさぁ。相手が自分の娘みたいな歳の子でしょ？　そんな子にイタいって言われて、それでムキになってる自分も大人げない感じがするし…。けど、やっぱり腹立つ！　あの制服が原因で出社拒否症になりそう」

制服の不満を全て吐き出した和代は、すっきりとした顔でワインを口にした。

「うちの会社は投票制だから、どうやっても若い人が好む制服になるよね。私たちの意見は少数派だから、どうやっても選ばれない」

「あら、希美子さんは結構似合ってるよ。細いし背が高いから」

「似合って無いよ。今年のデザインって、オバサンにとって過去最高にイタいと思う」

「それ、言えてる。今年の制服は過去最高にイタい。あれ？　それじゃユキナが言ったことは正しいってことになるじゃない。それ、最高にムカつく！」

制服談義に花を咲かせていると、希美子のチリカベがテーブルに到着した。

「それでは気分を変えて…今日もお疲れ様でした」

軽く乾杯を交わし、希美子はチリカベをゆっくりと味わった。

「チリカベって確かに庶民の味方って感じがするね。飲みやすくて美味しい」

和代はグラスに残ったチリカベをクイッと飲み干した。

「でしょ？　これ、ボトルで入れるわね。今日はちょっと飲みたい気分だから」

そう言うと店員を呼びとめ、チリカベのボトルを注文した。間もなくボトルが到着し、希美子は労いの気持ちを込めて和代のグラスにチリカベを注いだ。

「それで？　何かいいことあったんでしょ？」

希美子が聞くと、和代は思い出したように背筋をピンッと伸ばした。

「来年、お互いに五〇歳でしょ？　だから五〇歳の記念になるようなことをしたいって考えてたの」

「そうよねぇ、五〇歳って人生の節目って感じがするもんね」

希美子がしんみり呟くと、和代は勢いよくグラスのチリカベを飲み干し、それから真剣な表情で希美子の方を向いた。

「五〇歳！　人生の前半戦は終わった。そして人生の後半戦に突入！　いざ、出陣じゃ！」

和代の冗談とも本気とも取れる言い方に、希美子は少々困惑する。

「あっ、そうよね。確かにこれからは人生の後半戦ね」

「五〇歳って若い頃と比べたらお金と時間に余裕があるじゃない？　ようやく人生を楽しめる時期に入ったのよ。だから後半戦はとことん楽しむぞって決めたの」

「素晴らしくポジティブ！　和代さんはそうでなくっちゃ！」

希美子が両手を叩いて拍手を送ると、和代は軽く会釈しながら一呼吸おいた。

「五〇歳になる自分を記念して、ある決意を固めました。発表します。準備はいいですか？」

和代はいたって真剣だ。希美子も背筋を伸ばして体勢を作り直す。

「はい。では、発表してください」

「美ボディ大会に出場することに決めました！」

希美子は目をぱちくりさせ、そのまま固まった。

「エーッ？　美ボディ大会って、時々テレビで見るやつよね。ほら、芸能人が挑戦したりして。あれ、誰だっけ？　名前が出てこない…とにかく、あの美ボディ大会のこと？」

驚きとワインの酔いが混ざり、希美子はしどろもどろになる。

「そう、あの美ボディ大会のこと。前から興味はあったんだけど、なかなか一歩を踏み出せなかったのよね。何かきっかけが無いと一生出場することは無いだろうって思ったんだけど、竹本ユキナの一言が私の背中をドンッと押したのよ。ありがとう、竹本ユキナ！　あんたの〝ヤバイ〟の一言で、ようやく出る気になれたよ！」

「素晴らしい！　何だか私まで興奮してきた。めちゃくちゃ応援するからね！」

率直に感動した希美子は、和代に向かって大袈裟なぐらいの拍手を送った。

「私ね、中学・高校とテニス部だったのよ。『エースをねらえ』に影響されて入ったんだけどさ。青春の思い出って、いつも部活でクタクタになってた記憶しか無いの。何でこんなに必死に頑張らなきゃいけないんだろうって疑問に思いながら、それでもクタクタになるまで練習してた。部活ばっかりで全く遊ばなかったから、その反動で社会人になってから思いっきり遊んじゃった」

和代はわざと大口を開けて笑うと、それからゆっくりとワインを口に含んだ。

「今になって改めて思うのよ。もう一度、あの頃みたいにクタクタになるまで頑張りたい。没頭できるものに出会いたい。私は生きてるぞーって身体で感じたい」

希美子は同調するように何度もゆっくりと頷いた。和代のように部活でクタクタになった経験は無いが、言いたいことはよく理解できる。

「なるほど。それで美ボディ大会なんだ」

「そうなの。偶然、雑誌で美ボディ大会の特集を見たのよ。その瞬間、完全にビビビッときた。これぞ運命の出会い、神降臨！」

そう言うと、カバンの中から一冊の雑誌を出してきた。フィットネスの専門誌だ。

「これまでは自分には縁の無い世界だと思ってたんだけど、やっぱり興味あるじゃない。そしたら普通に四十代・五十代の人がたくさん出場してるの。この人、本当に五十代？　て目を疑う人がたくさんいるんだから。写真見て本当にビックリよ」

和代はテーブルの上に雑誌を置くと、手際よくページを開いた。

「この人、五〇歳って書いてあるでしょ。この人なんてこう見えて五十二歳だって。この人は四十五歳。若く見えるけど、実は私たちと年齢がほとんど変わらないの」

和代の言う通り、確かに四十代・五十代の女性が多い。そして出場者全員が実年齢よりもはるかに若く見える。希美子も食い入るように写真を眺めた。

「確かに、もの凄く若く見えるわね。ちょっと、この人見てよ！　五十六歳だって！」

希美子も和代と同様、出場者たちの年齢に驚いた。美ボディ大会は若い女性だけが出場するものと思い込んでいたが、自分達と同世代の女性がたくさん出場しているではないか。

「でしょ？　しかもよ、これまで全く運動してなかった人も結構いるのよ。大会に出場する人って当然これまで運動しまくってる人ばかりだと思ってたのね。そしたら、そうでもないのよ」

今度は出場選手のプロフィール欄を指で差した。現在の職業や過去の運動歴の欄があり、それぞれの内容が記されている。職業欄はダンスやヨガのインストラクターといったスポーツ系・美容系の仕事が多く目についた。しかし、よくよく見ると自分たちと同じ会社員も結構いる。

「本当ね、私達みたいに会社員しながら出場してる人って案外多いのね」

「でしょ？　だから私も美ボディ大会に出場して、新しい制服が着こなせるぐらい若返ってやるの」

「あの制服、和代さんの良い原動力になってるじゃない。うわっ！　この人、五十五歳だって」

感心しながら雑誌を眺めていると、和代はニヤリと笑いながら希美子の顔を覗き込んできた。

「な、何？　どうした？」

希美子がのけぞると、和代は気合いを入れるような素振りでワインをグイッと飲み干した。

「私たちって生まれた年が同じでしょ？」

「…そうよね」

「同じ四月生まれよね？」

「…そうね、どっちも四月生まれよね」

「来年の四月、二人とも五〇歳になるよね？」

「…なるよね」

「だから希美子さんも一緒に出場するの！」

希美子はキョトンとする。唐突すぎてピンとこない。

「私ね、どうしても希美子さんと一緒に出場したいの！」

希美子は慌てて断ろうとしたが、間髪入れずに和代の説得が始まった。

「私たち、これまでずっと一緒に頑張ってきたでしょ？　今じゃ、会社でアラフィフは二人だけ。

皆次々と辞めていったけど、私達二人は辞めずにずっと続けてきた。希美子さんがいたから私は続けてこられた。今朝だってイタいって言われて、正直めちゃくちゃ腹が立ったよ。正直言うと悔しくて悲しかった。けどね…希美子さんがいるから何を言われても平気でいられるの」

話の途中から、和代の目に涙が滲んできた。

「私ね、確信してるの。二人で一緒に出場した方が、これから先の人生がもっと面白くなるって」

和代の涙を見て、今度は希美子の目に涙が滲んできた。

「これからお互いに年を取って、六十代・七十代になるでしょう。過去を振り返った時、笑いながら美ボディ大会に一緒に挑戦した思い出話ができたら楽しいだろうなって。人生の前半戦より後半戦の方が面白いねって、二人でそう言いたいのよ」

全て言い終わると、和代の目から大粒の涙が流れた。お酒のせいもあり、少し感傷的になっているのかもしれない。しかし真剣な思いは十分に伝わる。そんな和代に冗談まじりの返事はできない。

「あまりにも突然のことでビックリして…。和代さんの気持ちは凄く嬉しい。言いたいことも凄く理解できる。和代さんが大会に出場するのは本当に素晴らしいことだし、私も全力で応援する。美ボディ大会って和代さんに向いてると思うしね。ただ、私には向いてないと思うのよ」

希美子の後ろ向きな反応を見て、和代はしょんぼりと肩を落とした。

「これまで全く運動してないし、オッパイもお尻もどんどん垂れてくるし。腕なんかブルンブルンだし。ほら、見てよ。この脂肪！」

和代を笑わせようと、希美子は自分の二の腕をギュッとつまんで左右に揺らした。それを見た和代はケタケタと笑い、自分のお腹の肉をギュッとつまんで上下に揺らした。

「希美子さんより私の方が脂肪がのってて美味しそうじゃない。牛だったらA5ランクかも」

二人で笑いながらお肉を揺らしていると、オーダーした焼き鳥と大根サラダがテーブルに到着。

「自分の姿を鏡で見るのだけでも恐怖なのに、水着で人前に立つなんて言語道断。もしも会社の人に知れたりしたら、恥ずかしくて会社に行けないわ」

希美子は焼き鳥を手に取り、山賊のようにわざと豪快にかぶりついた。笑わせるためのパフォーマンスだったが、和代は無言のまま反応を示さなかった。二人の間に妙な沈黙が流れる。しばらくして、和代から話を切り出してきた。

「それじゃ出場しなくてもいいから、一緒に付き合ってくれない？」

希美子は焼き鳥を頬張りながら、不思議そうに和代を見た。

「付き合う？」

「そう。筋トレとかダイエットとか、私に付き合ってください」

「うん、そうね。付き合うだけなら問題無しよ。もうすぐ五〇歳になるし、そろそろ健康について真剣に考えないとって思ってたから。筋トレにも興味あるし」

希美子は雑誌の写真を眺めながら、まんざらでもない様子で答えた。

「ヨシッ、決まり。二人一緒に五〇歳の記念だ」

「五〇歳の記念って言われてもねぇ。付き合うとは言ったけど、出場するとは言ってないよ」

「細かいことは気にしない。もう一杯、飲もう。五〇歳の記念に乾杯！　人生の後半戦に乾杯！　新しい制服にも乾杯！　ついでに竹本ユキナにも乾杯！」

訳が分からないが、お互い妙にハイテンションなのは確かだ。それから二人で雑誌の美ボディ大会特集を見ながら、ああでもないこうでもないと語り合った。何故か分からないが、やたらと楽しい。まるで青春時代に戻ったような感覚。こんなのは久しぶりだ。気がつくと三時間以上もお店にいた。

「うわっ、いつの間にか三時間が過ぎてる！」

慌ててお店を出る準備に入った。

「この雑誌、お持ち帰りしてよ。イケメンがたくさん載ってるし」

別れ際、和代はハイテンションな口調で希美子の胸元にフィットネスの専門誌を押し付けた。

「はぁい。ではイケメンをお持ち帰りさせていただきまぁす」

希美子もかなりハイテンションだ。二人とも、いつもよりたくさんワインを飲んでしまった。お互いに大きく手を振り、それぞれの家路へと分かれた。時計の針は夜十時を過ぎている。

「うわっ、もうこんな時間！　急いで帰らなきゃ！」

さっきまで頭の中がフワフワしていたが、時計を見た途端に現実の世界へ引き戻され、希美子は早足で家路へと向かった。

二．飾りじゃないのよ、涙は

帰りの電車の中、希美子はこれまでの人生を振り返っていた。和代が何度も口にした青春という言葉。その懐かしい響きはほろ酔いの希美子を切なくさせた。過去の出来事が走馬灯のように頭の中を駆け巡る。

夫の昭次と出会ったのは、高校一年生の時だった。二人は同じ高校の同級生。入学して間もなく、隣の席の男子がいつも指先を動かしているのを目にする。男子は休み時間だけでなく、授業中でも指先を動かしている。不思議に思った希美子は、何気なく聞いてみた。

「いつも指先を動かしてるね　それって癖？」

「癖じゃないよ、ギターの練習。速弾きするためにこうやって指先を柔らかくしてんの」

これが希美子と昭次が初めて交わした会話。先に好意を寄せたのは希美子の方だった。プロのミュージシャンを目指していた昭次は、高校一年生の夏休みに同じ高校の仲間達とロックバンド『ファルコン』を結成。その年の文化祭でファルコンがステージで演奏することが決定し、希美子はクラスの女子四人と一緒に最前列でステージを観賞することにした。演奏の途中、昭次はいきなり希美子の真ん前に走り寄り、目の前で得意とするギターの速弾きを披露したのだ。その瞬間から希美子の心は完全に昭次に鷲づかみにされた。これを機に「昭次の一番のファンは私」が希美子の口癖になる。周りの目を気にせず、自分は昭次のファンだと公言した。

一方の昭次は希美子に特別な好意を寄せていた訳ではなかった。なぜ自分の真ん前で速弾きを披露したのか質問すると、ずっと指先を動かしてきた成果を見せたかったという答えが返ってきた。本当にそれだけだったらしい。

昭次との距離を縮めるために、バンドの練習があると希美子は必ずメンバー全員に差し入れを運んだ。練習が終わると機材の片付けなどの雑用仕事をこなし、そんな希美子の姿に昭次は信頼を寄せるようになる。気がつけば恋人同士になっていた。

昭次は中学三年生の時に父を病気で亡くしている。それからは母と二人の生活だった。

「大学だけは出ておかないと、世間から相手にされないの。大卒じゃないと出世はできないのよ」

母は昭次の大学進学を強く望んだ。正しく言うと、大卒であることに強い執着心を持っていた。

「音楽やりたいから大学には行かないよ。大学に何の興味も無いのに何で行く必要あんの？」

大学に進学する気が無いことをハッキリ伝えた頃から、母と息子の関係に歪みが生じる。

「ショウちゃんは昔と変わってしまった。あの子の影響でしょ？」

バンド活動に没頭する息子とそれを支える息子の恋人。昭次の母は二人の関係を嫌悪し、気に食わないことがあると全て希美子のせいにした。

「あの子の目つきが好きになれない。会うたびにどんどん下品になってる」

希美子に対する悪口は日に日にエスカレートし、そんな母に昭次はうんざりしていた。

高校卒業後、ロックバンド『ファルコン』はプロを目指して本格的に活動する決意を固める。

「このメンバーで成功しよう！　必ず有名になろう！」

仲間同士で固く結束し、将来の成功を誓った。プロになるには、できるだけライブの数を増やす必要がある。急なライブにも対応できるように、全員がアルバイトで音楽と生活の両立を図った。

希美子も卒業後は就職せずアルバイト生活を選んだ。二人の将来に備えて少しでも貯金を増やすため、朝と夜のバイトをかけもちする生活。どんなに忙しくてもライブには必ず足を運んだ。

希美子はギターを弾く昭次の姿を見るのが大好きだった。演奏中の昭次は、世界中の誰よりも輝いて見える。昭次を見ていると、いつの日かプロになってギターで成功する日が来るような気がしてならないのだ。二人とも収入面の安定は無かったが、不安が頭をよぎることは無かった。昭次との未来を考えるだけで幸せだった。

「音楽で食っていけるようになりたい」それが昭次の口癖。

「昭次の一番のファンは私」それが希美子の口癖。二人の波長はぴったりだった。

ライブ活動を重ねるうち、ライブが終わると会場の外に出待ちの女の子が現れるようになる。ファルコンに熱狂的なファンがつきだしたのだ。

「凄いじゃない！　だんだんプロっぽくなってきたね。ファンがもっと増えるといいね」

最初は希美子も素直に喜んでいた。ライブの数が増えると、それに比例して出待ちの女の子の数も増えていく。女の子たちは流行のものをいち早く取り入れる、俗に言うイケてる子ばかりだった。メンバーたちが裏口から出てくると、少しでも顔を覚えてもらおうとメンバーにプレゼントを渡す。中には自分の電話番号を直接メンバーに手渡し、それをきっかけにメンバーとデートする子もいた。

その光景を目の当たりにするたびに、希美子はだんだん不安になっていく。いつか昭次が出待ちの女の子に取られてしまうのではないか。そんな不安をかき消すため、希美子はおしゃれに没頭した。昭次との将来の備えて貯めたはずのお金、それらを全て自分のメイクや服装につぎ込む。ライブ会場の誰よりも目立つ存在でいたい一心で必死に頑張った。貯金はみるみる消えてしまったが、そこに後悔など無い。自分がキレイになれば、昭次だって自慢に思うはず。何もかもが昭次のため。

「昭次の一番のファンは私」それが希美子の口癖。

「音楽で食っていけるようになりたい」それが昭次の口癖。

しかし現実はそう甘くはない。ミュージシャンを志す人は山ほどいるが、音楽を生業にできるのはほんの一握り。一年経ち二年経ち、三年が経っても何も変わらない。少しずつ現実が見えてきた。

「あんな風来坊みたいなのと一緒になっても上手くいく訳が無い」

希美子の両親は二人の交際を反対していた。音楽に夢を抱くあまり、未だにアルバイト生活を続ける昭次を毛嫌いしていたのだ。そんなある日、希美子と両親は取り返しのつかない衝突をする。

「バンド活動だのライブ活動だの、それで生活できるのか？　二人そろって考え方が子供すぎる。いつまでも若くないんだ。このままじゃいつか取り返しのつかないことになるぞ」

「子供扱いしないでよ！　昭次のことを知りもしないくせに、分かったようなことを言わないで！」

「お前は分かってるのか？　音楽のことを知らないお前は、本当に相手のことを理解してるのか？」

「お父さんは自分が若い時に好きなことを見つけられなかったから。自分がつまんない生き方したから…だから昭次のことがキライなんでしょ？　昭次に嫉妬してるだけじゃない」

売り言葉と買い言葉が延々と交差する。

「二人を見てると、子供のままごと遊びにしか見えん」

そう言うと、父はフッと鼻で笑った。そばにいた母まで笑った。その瞬間、父と母に強い憎しみを抱いた。朝晩アルバイトをかけもちしながら、昭次の音楽活動を支え続ける日々。それを〝ままごと遊び〟と表現し、鼻で笑われた。希美子はどうしてもそれが許せなかった。

「親に迷惑かけないし、親に頼る気も無い。その代わり今後一切、私に口出ししないで！」

両親に啖呵を切り、そのまま家を飛び出したのだ。すぐに泣きながら昭次に電話を入れた。

「私、家を出たの。昭次のことを悪く言うなんて、親でも絶対に許せない！」

「分かった、オレも家を出る。一緒に暮らそう」

昭次は家を出て希美子と暮らすことを母に伝えた。

「あの子が現れてから、この家は不幸ばかり続いてる。あの子は不幸を招く子ね。二度と顔を見たくないからこの家には絶対に連れてこないで！」

母の怒りは頂点に達し、希美子に対する絶縁状ともとれる発言をした。

希美子が二十四歳の時、赤ちゃんを授かった。まだ未入籍だったため、慌てて入籍をすることに。

「二人のことは二人で決める。それでいいよね」

お互いの両親に何も報告せず入籍した。二人にとって、妊娠も入籍も自然の流れだった。だが妊娠を機に二人の関係に微妙なズレが生じる。あれだけ啖呵を切って実家を出た以上、両親には絶対に頼りたくない。ましてや入籍したことすら報告していないのだから頼れる訳が無い。昭次との将来に備えて貯めた貯金はメイクや服に全てつぎ込み残っていない。昭次は未だにアルバイト生活。お腹はどんどん膨れていく。希美子の昭次に対する不満は、日に日に募っていく。

ファンの女の子の存在も身重の希美子をイライラさせた。おしゃれに精を出す出待ちの女の子たちを昭次はどう思っているのだろうか？　いつか昭次の気持ちがファンの女の子に移ってしまうのではないだろうか？　ライブがある日はそんなことばかりが頭をよぎり、なかなか眠れない。不安定な生活に焦りとストレスを感じた希美子は、昭次にキツくあたるようになる。

「もうすぐ父親になるんだよ。今は音楽やってる場合じゃないでしょ」

ストレスが限界に達した希美子は、昭次に安定した仕事に就くように懇願した。

「わかった…そうするよ…」

ギターの腕前が衰えたことを理由に、昭次はバンドの脱退を決意する。昭次が抜けたあと、すぐに新しいギターリストが加入し、バンドはそのまま存続する形になった。

昭次がバンドを脱退した一ヶ月後に女の子が誕生した。目元が昭次そっくりな娘に美咲《みさき》と名付ける。美咲の誕生とほぼ同じタイミングで、昭次は電化製品の会社に入社が決定した。無事に正社員として働くことになり、希美子は心底ホッとする。音楽とは無縁の仕事だったが、今は仕事を選ぶ余裕など無い。美咲という新しい命が誕生したのだから。昭次は美咲のことをとても可愛がった。慣れない仕事で大変そうではあったけれども、不満を口にすることなく真面目に働いていた。何の問題もないと思っていた。ところが美咲が三歳の時、思わぬ言葉を耳にする。

「ごめん、家を出る。会社も辞めてきた」

まさしく青天の霹靂だった。何の前ぶれもなく、昭次は家を出ると言い出したのだ。訳が分からない希美子は、怒りよりもただただ呆然とする。それから全身の力がストンと抜け落ちた。昭次は具体的な説明をしようとせず、ただ下を向いたまま黙っている。

「好きな人ができたの？　仕事がイヤになった？」

まるで子供をあやすように優しく問いかけてみた。しかし首を横に振るだけで何も言おうとしない。沈黙の時間が三十分ほど流れ、昭次はようやく口を開いた。

「やっぱり…どうしても音楽で食っていけるようになりたいんだ」

希美子は慌てて引き止めたが何を言っても無駄だった。

「ごめん…しばらく一人になりたい。ここにいると頭の中が変になりそうで…もう耐えられない」

そう言うと、ポロポロと涙を流した。その翌日、昭次は宣言通り家を出て、そのまま帰らなかった。焦った希美子はすぐにバンド仲間に電話を入れた。

「昭次のことなんだけど、最近何か変わったこと無かった？」

「えっ？　聞いてないの？」

バンド仲間は希美子が何も知らないことに驚いた様子だった。

「音楽で食っていけるようになりたいからって…それだけ言って出て行ったの」

「そうだったんだ…大変なことになったね…」

バンド仲間から希美子の知らない昭次の話を聞かされた。二ヶ月ほど前、昭次にライブ出演を依頼したそうだ。

「二ヶ月後にライブやるんだけど、出演できない？　やっぱりファルコンのギターは昭次じゃないとダメだなって、いつも皆で話してるんだよ」

「嬉しいよ、また声をかけてくれて」

昭次はあっさりと快諾し、すぐにメンバーが集結する。昭次のギターはブランクを全く感じさせない高い技術を保っていた。

「希美子が嫌がるから、いつも隠れてこっそり練習してるんだ」

そんなことを洩らしていたらしい。二ヶ月後、昭次が再加入したファルコンのライブが行われた。

「ファルコンに昭次が戻ってきたぞ！」

リーダーの紹介で昭次がステージに登場すると、客席は〝おかえり〟コールが溢れた。ライブの中盤、昭次は久しぶりにステージ上で得意の速弾きを披露しライブはますますヒートアップ。その場にいる全員が心を熱くさせる最高のライブとなる。

「今日、改めて自分には音楽しか無いってことが分かったよ。皆、本当にありがとう！」

ライブ終了後、昭次は泣きながらバンド仲間に感謝の気持ちを伝えたそうだ。話しを聞き終え、希美子は大きなショックを受けた。昭次が再び音楽への情熱が芽生えたことがショックだったのではない。ライブハウスで演奏することを自分に一切知らせなかったことがショックだった。「昭次の一番のファンは私」昔はこの言葉を何度も何度も口にしていた。それなのに、いつの間にか夢や願望を言い出せない関係になっていた。言ってくれたら、自分も全力で応援したのに…。そう思ったが、昭次からギターを奪ったのは紛れも無く自分である。

改めて思い起こすと、思い当たる節はあった。正社員として就職が決まり仕事の不満を口にすることは無かったが、その頃から口数が格段に減っていた。昔は何でも話せる関係だったのに…。昭次が家を出た後、しばらくして昭次の母親がマンションにやって来た。

「昭次のことだけど、本人がどうしても離婚したいと言ってます」

そう言うと、昭次の署名と押印が入った離婚届を希美子に渡してきた。

「美咲ちゃんが十八歳になるまでは養育費として毎月五万円を振り込むそうです。これで全て終わりにして欲しいと本人が強く望んでいます」

希美子は愕然とする。昭次はいつか家に戻ってくるだろうと、少なからず希望を持っていた。その希望がいきなり絶たれてしまったのだ。

「こう言っちゃ何ですけど、あなたが来てからうちは不幸続きなんです。だから出来るだけ早く終わりにしたいんですよ。今、この場でサインしてくれませんか？」

これでもう二度と昭次と会うことは無い。そう思いながら離婚届にサインをした。

「今後、二度とうちとは関わらないでくださいね。養育費はきっちり振り込みますから」

昭次の母はそう言い放ち、サインした離婚届を持ってすぐにその場から立ち去った。

あまりにもあっけなく離婚が成立し、いきなり美咲と二人だけの生活が始まった。養育費として毎月五万円の振り込みがあったが、それだけでは当然やっていけない。両親に啖呵を切って家を飛び出し、さらに内緒で入籍した手前、両親に離婚の事実を知らせるのをためらった。しかし今はそんな悠長な事を言える余裕など無い。勇気を出して実家に電話をした。

「お父さん、しばらく連絡せずにごめんね」

「あぁ。どうした？　急に電話なんかして」

「私ね…離婚したんだ」

驚いた父は、何も言わずに黙っていた。

「ようやく子供のままごと遊びが終わったか」

父が発した言葉を聞いた瞬間、反射的に電話を切っていた。これからは誰にも頼らないと固く決心する。生活を安定させるために、何としても正社員として働きたい。短時間のアルバイトをしながら正社員募集の求人欄に目を光らせた。小さな美咲を抱えながら目の前のことを必死にこなす日々。美咲と二人だけの生活の中、どうしても感情が抑えきれず一度だけ美咲の前で泣いたことがある。希美子の泣き顔を見た美咲は、不安げにジッと希美子の顔を眺めていた。それを見た希美子は美咲を強く抱きしめ、二人一緒に大声を出して泣き明かした。

「美咲にはお母さんがいる。お母さんには美咲がいる。だから大丈夫だよね！」

美咲を不安にさせてしまったことを深く後悔し、二度と美咲の前では泣かないと心に誓った。どんなことがあっても私が美咲を守る、守ってみせる。その思いは日に日に希美子を強くした。

母娘二人きりの生活にほんの少し慣れた頃、建設会社の正社員採用が正式に決定する。採用が決まった時、希美子は思わず泣いた。もちろん嬉し泣きだ。

「やったぁ！　お母さん、正社員になったよ！　頑張るからね！」

そう言いながら、美咲を高く高く持ち上げると美咲も大はしゃぎで喜んだ。これを機に母娘の生活はようやく安泰する。安泰といっても、生活に余裕が生まれた訳ではない。生活費に加えて子育てに必要な費用を計算すると、家計は火の車で常に節約する必要があった。自分の洋服を買う余裕など殆ど無い。たまに洋服を買うとしても、選ぶポイントは自分に似合うかではなく着回しが利くかどうか。着回しばかり意識する癖がつき、クローゼットの中はシンプルで地味なトーンの服ばかりが並ぶ。昔はカラーもデザインも個性的な服ばかりが並んでいたのに。

電車に揺られながら、希美子は美ボディ大会に出場する女性たちの姿を思い出していた。引き締まった身体、煌びやかな衣装、ゴージャスなメイクとヘアスタイル、そして自信に満ち溢れた笑顔。それら全てが希美子の目にとても魅力的に映った。美ボディ大会に出場するか、まず美咲に聞いてみよう。それから決めればいい。もし美咲が反対したとしても、和代が出場するまではしっかりと支えていこう。帰りの電車の中で希美子はそう心に決めた。

三．私がオバサンになっても

翌朝、希美子はいつもより少し遅い時間に目が覚めた。今日は土曜日、完全オフの日だ。頭がまだぼんやりとしている。昨晩はいつもよりワインの量が多かったから、そのせいだろう。何とかベッドから起き上がり、キッチンへ向かった。

「おはよう。先に食べたよ」

美咲の声がした。テーブルの上には希美子の朝食が用意されている。土曜日の朝食は美咲の担当だ。

「おはよう。昨日はちょっと飲みすぎたぁ」

そう言って冷蔵庫からミネラルウォーターを取り出すと、一気にグビッと口に含んだ。

「カズちゃん、元気にしてる？」

「和代さん？　そりゃもう元気よ。彼女はいつだって元気だから」

「そっか…カズちゃん元気なんだね。よかった、よかった」

美咲は今年で二十四歳になる。天真爛漫な性格で、これといった反抗期もなく素直に育ってくれた。母娘二人の生活を理解し、母親に迷惑をかけてはいけないと子供ながら気を遣っていたように思う。

美咲がまだ六歳になったばかりの時、会社で二泊三日の社員旅行が決定した。場所が沖縄ということもあり、社員全員が大喜びだ。美咲を預けられるところが無いことを理由に一度も社員旅行に参加したことが無い希美子だったが、この時もやはり断りを入れた。それを知った和代は自ら社長室に足を運び、事情を説明した上で美咲も一緒に社員旅行に参加する案を持ちかけてくれたのだ。その結果、会社の厚意で美咲も社員旅行に参加することが決定する。

美咲にとって生まれて初めての旅行だった。初めて見る沖縄の青い海と青い空。大喜びで海辺を走る美咲を見ながら、希美子は和代に「ありがとう」の言葉を何度も口にした。美咲はよほど嬉しかったようで、和代のことを〝カズちゃん〟と呼び、夜は和代の手を握ったまま眠りに落ちた。その翌朝、和代はお土産コーナーのアンパンマンのぬいぐるみを購入し、美咲にプレゼントした。

「何か困ったことがあったら、カズちゃんがアンパンマンになって助けに行くからね」

「カズちゃん、ありがとう！　アンパンマン、大好き！」

和代からぬいぐるみを受け取ると、美咲はピョンピョン飛び跳ねて喜んだ。

「ぬいぐるみまでプレゼントしてくれて、本当にありがとう」

希美子がそう言うと、和代は優しく微笑んだ。

「昨日の夜ね、美咲ちゃんが私の手を握ってくれたの。ちょっと母親気分を味わえて嬉しかった。小さな手から温もりがしっかり伝わって…何だか私、感動して泣いちゃった」

和代の言葉が心に沁みた。会社に和代がいて本当に良かったと、希美子は心の底からそう思った。

美咲が小学校を卒業するまでの六年間、社員旅行に美咲が特別参加することが恒例となり、みんなが美咲の成長ぶりを楽しみにしてくれた。和代のお陰で幼い美咲に旅行の思い出を作れたと、希美子は今でも感謝している。

高校を卒業後、美咲は服飾の専門学校に進学し、現在はアパレルの販売員として働いている。小さな女の子は立派な社会人に成長し、時の流れとともに全ての出来事が過去の思い出となった。

テーブルにはハムトーストにスクランブルエッグ、ツナと生野菜のサラダ、そしてヨーグルト、栄養たっぷりのメニューが勢ぞろい。スクランブルエッグは希美子のお好みに合わせてトロッと半熟に仕上がっている。希美子はフォークを手にした。

「いただきまぁす」

「はい、どうぞ。昨日はカズちゃんと盛り上がったみたいだね」

希美子はドキッとして、思わずフォークを置いた。

「エッ？　何か言ってた？」

「はい、これ」

美咲はニヤッと笑いながら昨日のフィットネス専門誌を見せてきた。

「やだ、これ、和代さんから借りてるだけで…。お母さんのじゃないよ」

自分のものと思われるのはどうも恥ずかしいと、希美子は借り物であることを強調した。

「ふぅん、そうなんだ。今、流行ってるもんね、美ボディ大会。お母さんぐらいの年齢の人もたくさん出場してるらしいよ」

「和代さんも同じこと言ってた。それでね、和代さんも大会に出場するらしいのよ」

希美子はあえて自分も大会出場を誘われたとは言わなかった。

「そうなんだ。カズちゃん、こういうの似合いそうだもんね。いいんじゃない？」

美咲のあっさりとした反応に、希美子は拍子抜けする。

「ビックリしないの？」

希美子の問いかけに、美咲は不思議そうな顔をした。

「何で？」

「だって、あの和代さんが水着を着てコンテストに出場するんだよ」

美咲は無反応のまま、雑誌の美ボディ大会の特集ページを凝視している。希美子は自分も一緒に出場しようと誘われたことを言うか言うまいか迷っていた。言うと笑われそうな気がする。

「カズちゃんが出るんだったら、お母さんも一緒に出たら？」

美咲の言葉に思わずドキッとした。まるで心の中を見透かされた気分だ。

「エーッ！　実はね、和代さんから一緒に出ようって誘われたのよ。けどお母さんは美ボディ大会なんて絶対にありえない」

わざと大袈裟に反応した。いつもより声が大きくなり、やたらと不自然なのが自分で分かる。そんな自分が恥ずかしい。すると美咲は不思議そうな顔をした。

「何でありえないの？」

「だって、お母さんが水着で人前に立つんだよ。美咲だってイヤでしょ？」

「別にイヤじゃないよ。もしお母さんも出るんだったら、めちゃくちゃ応援するよ」

意外な答えだった。自分が美咲の年齢で同じことを母親から言われたら、恥ずかしいから絶対にやめてと猛反対したはずだ。だから当然、美咲も反対すると思っていた。

「うわぁ、意外な反応！　絶対に反対すると思ってたのに」

希美子が驚くと、美咲はキョトンとした顔をした。

「お母さんも興味あるんでしょ？　私が反対しなかったら出ようと思ってたんじゃないの？」

「何で？」

図星を突かれた希美子は思わず声が大きくなる。

「ほら、やっぱり図星だ」

美咲はケラケラと笑った。

「カズちゃんも出るんでしょ？　だったら、お母さんも一緒に出ればいいじゃない。カズちゃんはしっかり者だから、お母さんはカズちゃんについて行けばいいんだよ」

確かに美咲の言う通りだ。和代の性格なら大会に出場するためには何をすればいいのか、色々と模索して行動に移すだろう。和代について行けば、運動経験ゼロの自分でも何とかなる気がする。

「確かに和代さんはしっかりしてる。これは五〇歳の記念らしいから、必ず出場すると思う」

「五〇歳の記念？」

「そう、五〇歳の記念。人生の後半戦を思いっきり楽しむ計画なんだって」

「五〇歳の記念…なるほどね。お母さんも来年は五〇歳なんだから、しっかり人生の後半戦を楽しまないとダメだよ。これをきっかけに、二人とも思いっきり若返ってキレイになってよ」

美咲の好意的な言葉に、希美子は安堵した。美咲の反応が何よりも気になっていたからだ。

「とりあえず、大会に出場するまで和代さんに付き合うことになったのよ。付き合うぐらいだったらいいよって言っちゃったし」

「へぇ、そうなんだ。で、大会っていつなの？」

美咲に言われて、具体的なことを何一つ知らないことに気付く。

「いつだろう。とりあえず和代さんは出場を決意したって言ってるし、あの人は必ず出場すると思うわ。有言実行タイプだからね。いつだろう…来月？　再来月かな？」

するると美咲は大笑いをした。

「お母さん、何にも知らないんだね。大会に出るには、色々と準備しなきゃいけないんだよ」

「そりゃそうよね。ある程度の計画は立ててるんじゃないかなぁ、和代さんの中では。昨日や今日で決めた話じゃないって感じがしたから」

美咲は雑誌の中の出場者のコメント欄を指さした。

「ほら、ここ見てよ。半年間ダイエットしましたとか、ずっとトレーニングを頑張って自分に自信がつきましたとか色々書いてるよ。お母さんも頑張らなきゃ」

そう言うと、イスから立ち上がって軽くリズムをとって手首と腰をクネクネさせながら踊り始めた。

「そうね。今度、和代さんに聞いてみるわ」

ひとまずこの話題を終えて、希美子は朝食を食べ始めた。相変わらず美咲の作るスクランブルエッグは絶品だ。美咲は何も言わず、まだクネクネさせながら踊っている。朝食を食べ終えた後、コーヒーを飲みながら昨日の会話を思い出していた。

「皆次々と辞めていったけど私達は辞めずに続けてきた。希美子さんがいたから続けてこられた」

和代の言葉が心に深く残っている。自分の方こそ、どれほど和代に助けてもらったか。希美子と和代は生活リズムが全く違う。子供のいない和代は仕事のスキルアップに十分と時間を費やせる。だが希美子の場合は子育てと仕事の両立で多忙を極め、常に時間に追われるように働いていた。シングルマザーの苦労をそばで見てきた和代は、会社で困ったことがあれば遠慮せず言ってねと常に気をかけてくれた。希美子にとって和代の存在は有難く頼もしく、かけがえのない存在だ。

五〇歳の誕生日を前に、希美子は自分の人生について色々と考える時間が増えていた。決して若くは無い。何かを始めるにはもう遅いかもしれない。けれども諦めるにはまだ早すぎる。どっちつかずな感情に揺れ動くことが度々ある。水着姿でステージに立つなんて、これまでの人生で一度も考えたことがない。自分がスポットライトに照らされて観客の前を歩くなんて、想像すらしたことがない。それなのに昨日、和代から「一緒に大会に出場しよう」と誘われたとき、ステージを歩く自分の姿を頭の中に思い描いていた。今回の件で一番気がかりだったのが美咲の反応だ。美咲がこれほど賛成するとは、希美子にとって意外だった。朝食を片付けた後、和代にラインを送信。これが希美子にとって、美ボディ大会出場のはじめの一歩となる。

『おはようございます　昨日はお疲れ様でした　美ボディ大会だけど、美咲は賛成してくれました私も前向きに頑張りたいと思いますので、よろしくお願いします。』

送信後、ほどなくして既読がつく。和代もすでに起きているようだ。イスに座ってコーヒーを飲みながら和代の返信を待った。返信の内容が気になって仕方が無い。三分ほど経って着信音が鳴った。

『おはようございます　昨日はお疲れ様でした　美咲ちゃんが賛成してくれて良かったね　キレイなお母さんは娘にとって最高の自慢です　一緒に頑張りましょう』

メッセージを読んで、思わず顔がほころんだ。すると、すぐに続きのメッセージが届く。

『来年の春の大会に出場しようと考えています　一年間、二人で青春しながら突っ走りましょう』

〝来年の春〟の文字を目にした途端、希美子の身体に緊張感が走る。いきなり現実味を感じたのだ。

もう後には引けないというプレッシャーに思わず怖気づきそうになる。すると希美子の気持ちを察したかのように再びメッセージが届いた。

『ただただ青春を楽しむ　後半戦なんだから気楽に生きていこうよ』

和代らしいメッセージに、希美子のプレッシャーは一気に和らいだ。

『ふつつか者ですがよろしくお願いします』

四．空も飛べるはず

和代は二十五歳のときに一度結婚したことがある。結婚生活はわずか二年、離婚の原因は夫の浮気だった。二人の間に子供がいなかったことで、あっさりと離婚が成立する。夫の興味が別の女性に向いていることは薄々感づいていた。いつか夫から浮気の告白をされる日が訪れるかもしれないと身構えていた。身構えていたからか、夫から浮気を告白された時は自分でも驚くほど冷静だった。

しかし、浮気の告白の後に予想外の言葉が続く。

「相手のお腹に子供がいるんだ」

和代は大きく動揺した。その時の夫の目はとても冷めていて、目を見た瞬間、これは何が何でも離婚するという夫からの挑戦状なのだと悟った。

「申し訳ないと思ってる。けど、お腹の子供に罪は無い。離婚して欲しい」

お腹の子供に罪は無いという言葉を聞いた時、和代は思わず笑ってしまった。まるで映画かドラマのセリフを真似たみたいな、わざとらしい言い方だったからだ。和代が笑っても夫は一切反応せず、早く事を済ませたいと言わんばかり、用意してきた離婚届を和代の目の前に差し出してきた。

それから間もなく、あっさりと離婚が成立する。和代の方から迅速に離婚成立を進めたのだ。旧姓の水瀬に戻った瞬間、ドロ臭い世界から解放されたような清々しい気分になり、離婚後はそれなりに恋愛を楽しんできた。しかし一度も結婚を意識することは無かった。

今から二週間前、和代は父親の七回忌法要のため実家に帰っていた。

「もう七回忌か…本当にアッという間ね」

姉の幸恵は八歳年上の五十七歳。歳が離れていたこともあり、幼い頃から姉妹の争い事はほとんどなかった。父の七回忌法要を無事に済ませて、娘としての役割を無事に果たせたことに安堵する。

「私、今日はここに泊まるからね」

実家で一泊する予定の和代は、一息入れようとリビングのソファに腰掛けて姉と自分のお茶を用意した。八年前に母が他界し、後を追うように父が他界した。現在、姉夫婦がこの家で暮らしている。キッチンで食器の後片付けをする姉の後姿は、まるで母の生き写しのようだ。

「今日は涼もここに泊まるらしいわ」

姉が言ったのとほぼ同時に、リビングのドアが開く音がした。

「オレも泊まるよ」

姉の息子の岩田涼《いわたりょう》、つまりは和代の甥っ子だ。

「涼くんも泊まるの？　へぇ、珍しい。久しぶりにゆっくり話ができるね。仕事の方はどう？」

「うん、お陰様で忙しいよ。一時期は本当にどうなるかと思ったけどね」

涼の職業はスポーツトレーナーだ。自分でパーソナルジムを開業し、トレーニングの指導をしている。子供の頃から運動が大好きだった涼は、中学生の時点ですでに筋トレに興味を持っていた。大学在学中にスポーツクラブでアルバイトをしていたのだが、卒業と同時にアルバイトから正社員として正式に採用が決定する。正社員として十年間働き、その経験を活かして一年前にパーソナルジム『Ｂｒｉｇｈｔ Ｂｏｄｙ』を開業した。

「コロナの時期は本当にこの先どうなるんだろうって不安だったけどさ。今はすっかり元通りだよ。コロナ太り解消目的の人が多いから、逆に前よりも忙しいぐらい」

涼はソファにドスンと腰掛けた。筋肉質な身体つきに和代は思わず圧倒される。

「和代姉ちゃんも元気そうだね。見た目も若いし、イイ感じに年を重ねてるよ」

「私を褒めたって、何も出てこないよ」

和代の返しを聞いて、涼は笑いながらお茶をすすった。それから仏壇のお供え物に目を向ける。

「これ、食べていい？」

和代も笑いながらお供えの饅頭を下げて涼に渡した。

「サンキュー。スイーツ男子なんで、甘いものに目がないんだよね」

美味しそうにお饅頭を頬張る涼の横顔を眺めていると、幼かった頃の思い出が蘇る。

涼がまだ十歳の時、二人きりで富士急ハイランドに出かけたことがある。絶叫アトラクションのドドンパに興味があった涼は、毎日のように「ドドンパに乗りたい！」と両親に懇願した。

「十歳になったら富士急ハイランドに連れて行く」

両親からそう言われて、涼は十歳になる日を心待ちにしていた。ようやく十歳のお誕生日を迎え、約束通りに一家揃って富士急ハイランドに行く計画を立てた。ところが父親の仕事の都合で急遽中止になってしまったのだ。

「前から約束してたのに！　嘘つきだ！」

涼はショックのあまり寝込んでしまった。

「だったら私が連れて行く。私も富士急ハイランドに行きたいと思ってたから」

姉から話を聞き、涼を不憫に思った和代は自分が連れて行くと名乗り出たのだ。それから間もなく、和代は会社の有給を利用して涼と一緒に一泊二日の富士急ハイランド旅行に出かけた。待ち焦がれていたドドンパを目の前にして、涼は狂喜乱舞しながら大はしゃぎ。和代も一緒にはしゃぎながらドドンパの列に並び、とうとう念願のドドンパに乗車した。だが、涼が想像していたものとは全く違った。よほど怖かったらしく、それっきり絶叫マシンが大の苦手となる。涼にとってこの旅行は、少年時代の苦い思い出の一つかもしれない。だが和代にとっては、十歳の涼と二人きりで過ごした貴重な思い出。何より嬉しかったのは、この旅行を機に〝和代おばさん〟から〝和代姉ちゃん〟に呼び方が変わったことだ。そして旅行を機に姉と弟のような関係が出来上がった。

「スイーツ男子のわりに、全然太ってないのね。さすがはスポーツトレーナーだ」

「調整しながら食べてるから。今日はチートデーだから、食事内容を緩めても良い日なんだよ」

涼は二つ目のお饅頭に手を出した。よほど美味しいらしい。

「ふぅん、チートデーねぇ。ダイエット目的でジムに通ってる人もいる?」

「いるどころか、ダイエット目的だらけだよ。男も女もダイエットにそりゃもう必死。カッコよくなりたい、キレイになりたい、そんな人ばっかり」

「はい！　私もキレイになりたいです！」

和代は天井に向かって右腕を高々と上げた。

「会社の新しい制服がさぁ、アイドルの衣装みたいにやたらと可愛くて、やたらと太って見えるのよ。オバサンとしては、それを着るのが苦痛でたまらない訳よ」

「アイドルの衣装みたいな制服？　和代姉ちゃんの会社ってどんな会社なの？」

涼が笑いだすと、台所にいる姉もつられて一緒に笑いだした。

「笑い事じゃないの！」

「ごめん、ごめん。だったら和代姉ちゃんも思い切って筋トレやってみたら？　身体はもちろん、顔も引き締まって若く見えるし、アイドルみたいな制服が似合うようになるかもよ」

そう言うと、カバンからフィットネス雑誌を取り出した。

「これこれ、うちのクライアントが載ってる雑誌」

「へぇ、凄いねぇ。美ボディ大会…」

これまで全く縁の無かった雑誌を見せられ、和代の目は釘付けになる。

「今は男も女も筋トレブームだからね。筋トレしてダイエットして、その流れでコンテストに出場する。全然珍しいことじゃないよ。うちのクライアントも出場してるし」

涼は美ボディ大会の特集ページを開き、そこに掲載されている女性の写真を指差した。

「ほら、この人。これまでほとんど筋トレしてなかったのに、一年かけてこの身体を作ったんだ」

「一年でこんな身体になったの？　凄いわねぇ。しかもこの人、五〇歳？」

「そうだよ。最初はダイエットだけの予定だったけど、みるみる筋トレの成果が出て本人もノリノリ。結局そのまま大会に出場することになったんだよ。ダイアモンド杯って大会で結果は三位。人生で初めて表彰台に立ったって喜んでたよ」

「えーっ？　五〇歳でそんなパターンがあるの？」

和代は目を丸くしながら涼を見た。

「そんなビックリする話じゃないよ。このパターンって美ボディ大会あるあるだよ。てか、このパターンだらけ。美ボディ大会に比べたら、アイドルの制服なんか余裕っしょ」

「エッ、それじゃあ、私も一年後にはこの大会に出てるかもしれないって事？」

「いつかは分からないけど、出てるかもね。出場者は皆、気合い入ってるよ」

雑誌を見ると、確かに写真から出場者の気合いが伝わってくる。しかもそれが自分と同世代の女性と思うと、何となく親近感が湧いてくる。背中を押してくれているような気がするのだ。

「私さぁ、来年五〇歳になるのね。五〇歳になる記念に何かしたいなぁって考えてたのよ。この美ボディ大会、何かビビビッときたわ」

「ビビビッって言葉、クライアントから何回も聞かされたよ。私はぶりっ子世代だからって言いながら、何回もビビビを連発してたなぁ」

涼が笑いだすと、台所の姉もまた一緒に笑いだした。

「五〇歳になった記念で大会に挑戦した人を何人か見てきたけど、マジに気合い入れて頑張ったよ。女の人って四〇歳とか五〇歳になった記念って言うの、好きだよね」

「そう、大好き。女ってそういう生き物なの。それで？　出場した人の感想は？」

「年齢的に無理だと思ってたけど、やってみたら年齢って意外と関係ないことが分かったって」

「それ、凄く分かる。五〇歳ってこういうのに挑戦するにはタイムオーバーって感じがするのよ。もっと若いうちに行動を起こすべきだったって」

「うわぁ、それと全く同じこと言ってる人がいた。オレからしたらさ、女の人って必要以上に年齢を意識し過ぎだよ。てか、数字にこだわり過ぎじゃね？　それって四十九歳ならセーフだけど、五〇歳ならアウトって言ってんのと同じでしょ？」

「女性にとって、数字は凄くデリケートな問題なの！」

和代がわざとらしく膨れっ面をすると、涼もわざとらしく恐縮しながら陳謝して見せた。お互いの顔を見ながら笑い合っていると、後片付けをすませた姉がゆっくりとソファに腰を掛けた。

「涼はねぇ、こう見えて結構真面目なのよ。お客さんからも人気があるみたいだしね」

「こう見えてって、どういう意味？」

「チャラいって意味じゃない？」

久しぶりに三人が揃い、リビングに和やかな空気が流れる。

「そうだ！　出場した人全員、全く同じことを言ったんだけど、何だと思う？」

「何？　何だろう…」

「大会に出場して、人生観が大きく変わった。人生の後半戦が楽しみになったたって」

和代は目をキラキラと輝かせながら涼と姉の顔を交互に眺めた。

「人生観が大きく変わった？　それ、今の私が一番必要としてることよ。人生の後半戦が楽しみかぁ…素晴らしい響きね。ちょっと鳥肌が立ったわ」

「和代も大会に出たらいいじゃない。涼のところに通いなさいよ。この子、こう見えて真面目に頑張ってるのよ。涼だったら気心知れてるし、やりやすいんじゃないの？」

美ボディ大会に出場する場合、涼がコーチを勤めるとなると、まさしく渡りに舟だ。姉の一言で、和代はますますその気になってきた。

「本当に挑戦してみようかな…何だか今の私だったら出来そうな気がする。出場した後、人生観が大きく変わったって言ってる自分がイメージ出来るのよ」

頭の中で大会出場までの展望がうっすらと見えてきた。

「和代姉ちゃん、マジで来る？　うちは大歓迎だよ」

そう言うと、スマホを取り出してパーソナルジムの公式インスタグラムを開いた。ブライトボディはマンションの一室を改装したパーソナルジムだ。部屋はグレーとホワイトをベースに、トレーニングの器材は全て黒色に統一。清潔かつ爽やかで、女性が通いやすい空間に仕上がっている。

「うわぁ、凄く素敵じゃない。涼くんって実はセンスいいんだね。見直した」

「涼はねぇ、こう見えて結構センスがいいのよ」

「母さん、さっきから〝こう見えて〟を連発してるよ」

和代は涼の意外な一面を見た気がした。

「これがジムの雰囲気。で、こんな感じで指導してます。完全個人指導だし、一人一人に合わせたプログラムで教えるから安心してトレーニングできると思うよ」

涼は次にクライアントのトレーニング画像を開いた。

「ほら、この人。うちのジムから美ボディ大会に出場した人」

「エッ？　どこどこ？」

「ほら、さっき言ったでしょ。うちにも五〇歳になった記念で大会に出場した人がいるって」

その画像を見て、和代はさらに驚いた。

「うわぁ、別人みたい」

雑誌の写真を見た時、優雅でエレガントな印象を受けた。しかしトレーニング中の画像は厳しく精悍な表情で近寄りがたい印象だ。とても同一人物とは思えない。このギャップが魅力的に映った。

「トレーニング中だし、多分この時はスッピンだと思うよ。けど舞台に立つときはしっかり化粧して別人になる。それが美ボディ大会の醍醐味だね」

和代はますます美ボディ大会というものに興味が湧いてきた。これこそが自分が探し求めていた五〇歳になった記念ではないかと心からそう思った。

「私、美ボディ大会に出る。涼くんのところに通ってもいい？　私、本気で言ってるのよ」

「もちろん。やる以上は全力でサポートしますよ。こっちもプロですから」

「さっき言ってたダイアモンド杯って、いつやるの？」

「ダイアモンド杯の開催は…四月だね」

和代はしばらく頭の中で考えを巡らせ、空気を読み取った涼は黙って和代の言葉を待った。

「決めた！　私、来年のダイアモンド杯に出場する！　涼くんのところから出場する！」

和代はソファから立ち上がり、二人に向かって出場宣言した。

「これで決まりね。和代、しっかり頑張りなさい。涼はこう見えて、結構しっかりしてるから」

今度は姉がソファから立ち上がり、二人に向かって嬉しそうにパチパチと拍手を送った。

「父さんの七回忌法要で涼と和代がこんな形で繋がるなんて、父さんも喜んでると思うよ」

そう言われると、何だか父まで自分を応援してくれているような気がする。

「それじゃ涼くん、よろしくお願いします。とりあえず、今後について改めて連絡するから」

「了解。こっちもプラン練っとくよ。和代姉ちゃんの五〇歳になった記念のプラン」

こうして和代の美ボディ大会出場が決まった。

希美子からラインが届いた直後、和代はすぐ涼にラインを送信する。

『涼くん、おはよう　人生観を変えるべき友人がいます　涼くんのところに友人と二人で通うことになりました　二人一緒に大会出場するので宜しくお願いします』

五．君がいるだけで

四月の第三金曜日。この日、希美子と和代は女子会の約束を交わしていた。お互いに美ボディ大会のことで報告したいことが山ほどある。仕事を終え、希美子はレトロ本舗に向かった。約束の時間ぴったりに到着したが、珍しく和代の姿は見当たらない。とりあえず席に着き、ワインリストを眺める。しばらくして店員がオーダーを取りに来た。

「ごめんなさい。まだ決まってないの。後でオーダー入れます」

店員はニッコリと微笑むと、その場を立ち去った。

テーブルに腰掛けながら、希美子は店内をグルリと一周見回してみる。美咲が高校を卒業したのを機に、ここで和代と女子会を開くようになった。最初の女子会で、希美子はこれまでの人生を全て話した。会社ではプライベートの話題はしないと固く心に決めていたが、和代にだけは自分の全てを知って欲しいと思っていた。美咲を社員旅行に参加できるよう便宜を図ってくれた一件から、希美子にとって和代は誰よりも信頼のおける存在。だからこそ、自分の全てを伝えたかった。

「私がいると不幸が続くって言われたの…だから二度と関わりたくないって…」

昭次との出会いと別れ、両親との確執、昭次の母親から毛嫌いされたこと。途中で何度も涙が溢れたが、そんなことは気にせずに全てを話した。

「これまで誰にもこんな話をしたことが無かったから…全部話せて凄くスッキリした」

希美子がそう言うと、和代はその場で店員を呼びつけた。

「シュヴァルツ・カッツをボトルでお願いします。それとワイングラス二つね」

すぐにシュヴァルツ・カッツのボトルがテーブルに運ばれた。

「これってドイツのワインでね、縁起物のワインなのよ」

そう言うと希美子にワインボトルのラベルを向けた。

「ほら、ここに黒猫がいるでしょ?」

「本当だ、黒猫がいる」

和代はニッコリと笑って話を続けた。

「ドイツのある村でね、黒猫が乗った樽のワインは特別美味しいって逸話があるのよ。そこから黒猫は幸運を招く象徴になったんだって」

和代はグラスを並べてシュヴァルツ・カッツを注ぎ、片方を希美子に渡した。

「黒猫って悪いジンクスの方が圧倒的に多いじゃない? 魔女の使いとか、黒猫を見ると不吉なことが起こるとかさ。そんなもん、全て人間の勝手な作り話よ。何の罪も無いのに、黒猫がかわいそうよ。私が黒猫だったら名誉毀損で訴えてやる」

和代はワイングラスを軽く掲げた。

「私たちは黒猫にたくさん幸運を招いてもらいましょう。乾杯！」

「そうね、幸運が招かれますように。乾杯！」

最初の女子会の時にボトルを入れたのが、ドイツ産のシュヴァルツ・カッツだった。そのことを思い出した希美子は、そばを横切った店員を引き止めてオーダーを入れる。

「シュバルツ・カッツをボトルでお願いします。もうすぐ連れがくるので、グラスは二つで」

「はい、かしこまりました」

店員は笑顔で答えた。すっかり常連の二人なので、和代が来ることを見越しているようだ。ほぼ同じタイミングで和代が店に入ってきた。急いで来たのか、少し息を切らしている。

「ごめん、ごめん。ちょっと仕事がバタバタしてて」

「ワインだけど、ボトルでオーダー入れたよ。美ボディ大会のお祝いで、私からのプレゼント」

すぐにボトルとワイングラス二つがテーブルに到着。

「シュヴァルツ・カッツね。スッキリ系の白ワインが飲みたい気分だったの。さすが、以心伝心」

希美子はゆっくりとグラスにワインを注ぐ。和代はニコニコしながらグラスを眺める。

「では、美ボディ大会出場の幸せを祈って…乾杯！」

二人同時にグラスを目元まで持ち上げて、ワインを口にした。

「ん～、爽やかでフルーティー。猫ボトルにして正解ね。これに合う魚料理は…」

店員を呼んでサーモンのマリネと魚介のフリットをオーダー。

「美咲ちゃんが賛成してくれたし、これで第一関門は突破ね」

「かなり意外だったなぁ。反対どころか、美咲の方からお母さんも出たら？　て言ってきたの」

和代は笑顔で小さな拍手を送った。

「和代さんは美ボディ大会が似合いそうだって言ってたわ。それと、もしお母さんが出るならめちゃくちゃ応援するって。美ボディ大会に出場して、二人とも思いっきり若返ってよって。嬉しそうにキッチンで腰と手首をクネクネさせながら踊ってた。あの踊り、流行ってんのかな」

希美子が美咲のクネクネ踊りを真似ていると、テーブルにサーモンのマリネと魚介のフリットが到着。ワインと料理、全て揃った。ようやくこれで落ち着いて話が出来る。

「それはもう絶対に出場しなきゃダメだね。娘の期待に応えないと」

希美子は嬉しそうに微笑みながらバッグの中のフィットネス専門誌を取り出した。

「これ、ありがとうございました。じっくり読ませていただきました。美ボディ大会のことはだいたい分かったけど、出場するとなると、これから何をどうすればいいのかなと思って」

和代は待ってましたとばかり、美ボディ大会の特集記事を開いた。

「この人、凄いでしょ？　五〇歳よ」

「うん、私も気になってた。身体が引き締まってて凄くキレイよね」

「でしょ？　この人ね、私の甥っ子がトレーニングを教えてるの。甥っ子の生徒さんなのよ」

希美子はビックリした顔で和代を見た。

「姉の息子で涼くんって言うんだけどね。自分でパーソナルジムを開業してるのよ」

和代はスマホを取り出し、手際よくジムの公式インスタグラムを開いた。

「これが涼くんのジム。なかなかキレイでしょ？」

希美子はインスタに釘付けになる。

「この人、見てよ。雑誌に載ってたあの五〇歳の女性よ」

女性のトレーニング画像をタップし、雑誌の横に並べて置いた。

「涼くんには二人で入門しますって伝えたから」

「えーっ？　もうそこまで話が進んでるの？」

和代は大きく頷くと、グラスに残った白ワインをグイッと飲み干した。

「和代さんが美ボディ大会に出場するって聞いた時はビックリしたけど、なるほどって納得したわ」

和代は希美子に向かってにんまりと笑った。ほろ酔い気味で、頬がほんのりピンクに色づいている。

「それでね、二人で一緒にジムに行くって伝えてるんだけど、日曜日はどう？」

「日曜日って、明後日？　うわぁ、とんとん拍子に進んでいくのね。何だか緊張してきたわ」

希美子はスケジュールを確認した。

「明後日は…美咲の用事もないし、今のところは大丈夫…だけど…」

「涼くんに連絡するね。明後日、二人で行きますからって…」

そう言いながら、ほぼ同時進行で涼にラインを送信。

「和代さん、手際が良すぎ」

「善は急げよ。こういうのはね、どんどん決めてどんどん進めていかないと」

「何だか、本当に美ボディ大会に出場することになりそうね」

「何言ってんの、本当に美ボディ大会に出場するのよ。二人でね」

そんなやり取りをしていると、涼からすぐに返信が届いた。

「日曜日の十四時からはどうですか？　って。希美子さん、大丈夫？」

「十四時？　うん、大丈夫だけど…」

希美子が言ったとほぼ同時に、和代は涼にラインを送った。すぐに涼から返信が届く。

「涼くんが楽しみにお待ちしてますって」

あまりにも早い展開に、希美子は少々戸惑い気味だ。

「とりあえず、初回は二人一緒だから安心してよ。明後日はボディチェックと今後どう進めていくかについてセッションする予定だって。身体のラインが分かるウェアを持参してくださいって」

「えっ？　身体のラインが分かるって、どんなの持っていけばいいんだろう」

ボディチェックという言葉を耳にした途端、希美子はさらにどぎまぎする。

「身体にフィットしたものなら何でも大丈夫よ。無ければ美咲ちゃんに借りればいいじゃない。それとシューズとタオルと…それから何だっけ…あっ、水分補給用の水かお茶も持参してって」

希美子は指定されたものをスマホにメモした。

「いよいよ、第一歩を踏み出すのね。来年の春に出場を考えてるってことだけど、いつ頃の予定？」

「四月のダイアモンド杯に出場します」

「来年の四月？　あまりにも具体的に進んでいくから…緊張してきた。まだ何もしてないのに」

希美子の言葉を耳にして、和代は思わず吹き出した。

「確かに何もしてないよね。それなのに妙にテンション高くなってるね」

今度は希美子が大笑いする。

「今、四月でしょ？　ということは、大会まで丸一年あるわけだ。私、こんなヘナチョコの腕だけど大丈夫かな」

「それを言うなら私のお腹の方が問題よ！　この脂肪は来年の四月までに消えてくれるだろうか」

二人同時にプッと吹き出す。それから笑いが止まらなくなった。

「来年の四月で二人とも五〇歳。これからの一年間、二人で美ボディ大会に向かって一緒に突っ走りましょう。大変かもしれないけど、絶対にやって良かったって思うはず。大袈裟かもしれないけど、本当に人生観が変わる気がするのよ」

希美子は笑顔で大きく頷いた。

「美咲に言われたのよ。カズちゃんはしっかり者だから、お母さんはカズちゃんについて行けばいいんだよって。美咲の言った通りになりそうね」

「もう！　すっかり涙もろくなってるんだから。涙もろいのは単に更年期のせいかな」

冗談まじりな和代の目から、ほんの少し涙が滲んだ。

「涼くんと美咲ちゃん。私達には心強いサポーターが二人もいるんだから大丈夫よ」

和代はシュヴァルツ・カッツのボトルに描かれた黒猫ラベルを希美子の方に向けた。

「幸せを招く黒猫が私たちを応援してる。だから絶対に大丈夫！　ほら、飲もう」

ボトルに残った白ワインを希美子のグラスに注いだ。この日は二人でシュヴァルツ・カッツのボトル一本を空けて、早めのお開きとなる。

「それじゃ、明後日ね」

二人はお互いに大きく手を振り、それぞれの家へと向かった。

希美子が帰宅すると、美咲はすでに仕事から帰っていた。美咲はすぐに美ボディ大会の件を聞いてきた。興味津々の様子だ。希美子は店で交わした会話を全て伝えた。

「なるほどねぇ。来年四月のダイアモンド杯かぁ。カズちゃんの甥っ子って、パーソナルトレーナーなんだ。なんかカッコいいね。甥っ子のジムでトレーニングって、もう大会までのレールが出来上がってるのと同じだよ。さすが、カズちゃんって感じ」

美咲の言うように、確かに美ボディ大会までのレールは敷かれている。このレールから外れなければ、運動経験の無い自分でも美ボディ大会まで到着できる気がする。

「絶対に観に行くからね！　美ボディ大会に出場するお母さんが見たい。何が何でも頑張ってよ」

美咲はまた手首と腰をクネクネさせながら踊り始めた。

「日曜日、和代さんと一緒にパーソナルジムに行ってくるからね」

「了解。カズちゃんの甥っ子ってイケメンかな」

「うん、インスタを見たけど、爽やかでなかなかの好青年って感じだった」

希美子はブライトボディのインスタを開いた。

「ホントだ！　カッコいい。いかにもマッチョって感じ。ジムの雰囲気もおしゃれだし、こんなところに通い出したら、お母さんも垢抜けそう」

「すみませんね、垢抜けない母親で」

美咲はケラケラと笑い、さらにクネクネさせながら踊りだした。

六．日曜日よりの使者

約束の日曜日、希美子と和代はそれぞれ涼のジムに向かった。ブライトボディはマンションの一室をジムに改装した作りで、駅から徒歩二分のところにある。和代は車での通いだが、車を持っていない希美子は電車通いとなる。駅から徒歩二分は、希美子にとって好都合だ。

セッション開始は十四時。開始の十分前にマンション一階の入り口で待ち合わせの約束をした。希美子は最寄駅で下車し、駅の構内の景色を見渡した。全く馴染みの無い、初めて降りる駅。これから何回この景色を見るのだろう。そんなことを考えながら、新しい世界に足を踏み入れる前の心地いい緊張感に浸っていた。学生時代は部活と無縁だったため、全てがより新鮮に感じる。

改札を出てマンションへ向かう途中、背後から軽くクラクションの鳴る音がした。和代の車だ。希美子はそのまま助手席に乗り込み、二人一緒にマンションの駐車場へ向かった。

「一週間前に初めて美ボディ大会の話題をして、もうジムに来てる。まさにとんとん拍子よね」

車を駐車させると、二人で話しながらジムに向かった。十二階立てマンションの五階がブライトボディだ。マンション一階のエントランス部分は、まるで高級ホテルのような美しさを誇っている。

「それにしても、キレイなマンションねぇ」

「本当ね。立地といい建物といい、吟味して選んだのがよく分かる」

エレベーターに乗るやいなや、すぐに五階に到着。扉がすっと開くと、前のスペースに『Ｂｒｉｇｈｔ Ｂｏｄｙ』の看板が設置されていた。手書きで〝向かって右側すぐです〟と書いてある。

「五〇三号室…右側すぐ…」

書いてある通り、右側すぐのところにジムがあった。希美子の心臓はドキドキと鼓動する。玄関の前に立ち、和代が呼び出しチャイムのボタンを押した。中から「ピンポーン」と音が聞こえる。

「はい。お待ちしてました」

インターホンから声が聞こえ、間もなく玄関の扉が開いた。満面の笑顔で涼が二人を出迎える。

「ようこそ、はじめまして。どうぞ、お入りください」

そう言って、玄関に二人分のスリッパを並べた。

「お邪魔しまぁす」

興味津々の和代は足早に部屋の中へ。

「失礼します」

希美子の方は、どこかぎこちない表情でおそるおそる部屋の中へ。

部屋に入ると、真ん中にトレーニングの機材がドンと構えていた。生活感とは無縁の空間だ。大きな窓があり、そこから太陽の光がたっぷり差し込んでいる。トレーニング機材の前には大きな鏡が設置されていて、その鏡が太陽の光を反射し部屋全体を明るく照らす。さらに鏡の効果で空間を広く見せる。窓辺には三つの観葉植物が並び、リラックス効果を引き出している。

「はじめまして、岩田涼です。よろしくお願いします」

涼はそれぞれに名刺を渡した。

「うわぁ、涼くんから初めて名刺をもらった。これ、家宝にしよう」

大袈裟にはしゃぐ和代を見て、希美子の緊張感は徐々に和らいできた。

「それじゃテンポ良く進めていきますね。まずは着替えの説明から。ここを利用してください」

フィッティングスペースはカーテンを仕切りに独立した空間を作り、メイク直し用の鏡があった。女性への配慮が感じられる。和代はヨガ用トップスとレギンス、希美子はフィット感のあるチビTとジョガーパンツ、それぞれ交互に手際よく着替えて涼の前に並んだ。

「今日はまず、二人のボディチェックを行います。それから来年四月の美ボディ大会まで、どういう計画で進めていくか今後の方針や方向性を説明しますね。では、身長と体重を測りましょう」

二人交互に身体測定を開始する。

「和代姉ちゃんは一五五センチで体重が五十八キロ、希美子さんは一六三センチで体重が五〇キロ」

身長と体重をメモに記録し、それから二人のボディラインをしばらく観察してまたメモに記録した。

「では和代姉ちゃんから質問しますね。ここ数年で大きな体重の増減はありますか？」

「それがねぇ、ここ二～三年で六キロぐらい増えたのよ。更年期に差しかかってるし、それも影響してるんじゃないかと思う。それまではずっと五十二キロをキープしてたんだけど」

「分かりました。これまでに筋トレの経験は？」

「昔、フィットネスジムに通った時期があって、その頃に自己流でやった程度。学生の頃はずっとテニス部に入ってたから、運動は得意な方だと自分では思ってます」

「了解しました。希美子さんにも同じ質問しますね。ここ数年、体重の増減はありますか？」

「ほとんど無いです。若い頃から殆ど変わってません。更年期らしい症状も特に感じません」

「分かりました。これまでに筋トレの経験は？」

「ほとんど無いです。娘とたまに家で腹筋とかスクワットをやったりしますが、その程度です」

涼はそれぞれの返答を記録する。少しの間、ジム内はしんと静まりかえった。

「ありがとうございました。では今後の方針について説明しますね。それぞれに合った方法でボディメイクを進めていきます。次回からは個人セッションになりますが、大丈夫ですか？」

「はい、大丈夫です」

「二人の身体を見たところ、和代姉ちゃんは骨格がしっかりしていて、わりと筋肉質だよね。肩幅が広くて骨盤はそんなに大きくない。だから上半身と下半身のバランスがとても良く見える。筋トレで全身の筋肉をまんべんなく発達させていけば、バランスの良い身体に仕上がります」

ボディチェックの結果に、和代の表情は明るくなる。

「まだ続きがあるよ。かなり全体的に脂肪がのってるから、ダイエットの方に力を入れる必要があります。特にウェスト回りの脂肪が気になるね。ウェストのくびれは審査の対象だし、そのあたり意識して頑張らないと。筋トレと平行してダイエットも進めていく必要があるね」

「うわぁ、真実なだけに耳が痛い。美ボディへの道は険しいわ」

さっきまでの笑顔が苦笑いに一変する。

「さて、次は希美子さん」

名前を呼ばれ、希美子はドキッとしながら緊張した面持ちで耳を傾ける。

「脂肪が思った以上に薄いですね。体重も若い頃からほとんど変わってないので、今のままの食生活を続けてください。無理に変える必要はありません。年齢を重ねると、お腹回りだけに脂肪がついたり背中にやたらと脂肪がついたりする人もいますが、希美子さんの場合はお腹も背中も脂肪が薄い。だからダイエットを意識する必要はありません」

予想以上の良い結果に、こんな自分でも何とかなりそうだと希美子は胸を撫でおろす。

「いいなぁ。希美子さんって昔からスリムで、体型が全く変わってないもんねぇ」

和代は羨ましそうな顔で希美子を眺めた。

「続きがあります。希美子さんの場合、骨格が不利です。まず肩幅が狭い。そしてなで肩。なで肩が肩幅をより狭く見せています。それから肩幅に比べて骨盤が大きい。日本人の女性に多い洋梨体型タイプです。上半身が弱く、下半身が強い。今のままでは全体のバランスが良く見えません。上半身は筋肉を大きく発達させて、下半身は引き締める。筋トレで上下のバランスを整えるのが希美子さんの課題です」

それぞれのボディチェックを聞き終わり、二人とも感心した様子で涼を眺めた。

「来週から本格的なトレーニングをスタートさせます。急に筋トレを始めると極度の筋肉痛に苦しむことになるので、まずは身体を慣らす必要があります。今日は二人に宅トレの宿題を出しますね。こちらを見ていてくださいよ」

涼は床に両手をつくと、そのまま腕立て伏せを始めた。美しい腕立て伏せのフォームと涼のモリモリとした肩の筋肉に、二人とも思わず圧倒される。

「一つ目の宿題はプッシュアップです。プッシュアップは腕立て伏せのこと。いきなり腕立て伏せをやれとは言いませんので、ご安心ください。二人にやってもらうのは、膝を床につけた状態で行うプッシュアップです」

今度は四つん這いの状態になり、膝を床につけて腕立て伏せを行った。

「負荷が一気に下がるので、簡単にプッシュアップが出来ます。では、やってみましょう」

希美子と和代は並んで四つん這いの体勢になり、腕立て伏せを行った。

「本当、余裕で出来るわ」

「それじゃ、十回ずつ行いましょう。一、二、三…」

涼が笑顔でカウントを取り始め、二人はカウントに合わせて膝つきプッシュアップをスタートさせた。三回目あたりまでは余裕だったが、五回目過ぎたあたりから希美子の腕は急に悲鳴を上げる。

「うわっ、キツイ…」

何とか十回目まで到達することができた。和代の方は余裕の表情だ。

「希美子さん、ちょっとキツかったようですね。和代姉ちゃんは十回じゃ物足りない感じだね」

涼は今の状況をメモに記録した。

「それじゃ二つ目の宿題、次はスクワットです。これは知ってますよね？」

そう言うと、二人の前に立ってスクワットを実践。

「背骨は真っ直ぐの状態をキープ。息を吸いながらゆっくりと腰を下ろして、息を吐きながらゆっくりと立ち上がる。呼吸は止めず、ゆっくりと太腿の筋肉を意識しながら行う。これがスクワットの基本的な動作です。それじゃ、やってみましょう」

二人は同時に立ち上がり、仁王立ちになった。

「足の幅は肩幅ぐらいにセットします。それじゃ、十回づつ行いましょう。一、二、三…」

涼はにっこり笑顔でカウントを取り始めた。二人はカウントに合わせて、スクワットを開始。三回目あたりまでは余裕だったが、五回目過ぎたあたりから希美子の太腿は急に悲鳴を上げだした。

「うわっ、これもキツイ…」

さっきと全く同じ状況に、希美子は思わず苦笑いだ。和代の方はやはり余裕の表情を見せている。

「膝つきのプッシュアップとスクワット、宿題はこの二種目です。和代姉ちゃんは四十回、希美子さんは二十回を目標に、朝と晩の二回行ってください。途中でインターバルを入れてもいいので。インターバルは休憩のことです。インターバル中にしっかり呼吸を整えたら、すぐに続きを行います。目標回数はあくまで目安だから、余裕があるなら増やしてください」

二人は三角座りして涼の話を聞き入った。

「プッシュアップは上半身、スクワットは下半身のメニューです。この二種目で、全身の筋肉にある程度の刺激を与えられます。一週間で全身の筋肉を慣らしから本格的な筋トレに入ります」

「はい、分かりました」

「二人ともここに通うのは週に一回で、どちらも日曜日が希望だよね？」

「二人とも日曜日が希望。私は今日と同じ十四時からが希望だけど、希美子さんは？」

「そうねぇ、私は早い時間の方が有り難い。十時からでも大丈夫ですか？」

涼は手慣れた様子でスケジュールアプリを開く。

「和代姉ちゃんが十四時から…希美子さんが十時から…はい、どっちも大丈夫です。では来週からこの時間帯でそれぞれトレーニングを開始しますね」

二人は顔を見合わせて、同時に頷いた。

「今後についてですが、美ボディ大会まで一年あります。週一回の筋トレだけで理想とする身体を手に入れるのは正直言って難しい。ジムでのトレーニングと平行して、宅トレも実践してもらいます。それと時間を有効に使えるよう、くれぐれも遅刻のないようにお願いしますね」

「はい、分かりました。」

「和代姉ちゃんだけど、今より八～九キロぐらいダイエットする必要がある」

和代は九キロという数字に驚いて、目がギョロッと丸くなった。

「九キロもダイエット？　そりゃそうよね。五〇歳の記念だし、とにかく頑張ります」

「なるべくストレスのかからないように運動と食事管理を進めていくから大丈夫だよ」

涼のアドバイスを聞き、和代は少しだけ安心した。

「希美子さんは食生活を変える必要はありません。トレーニングを開始すると今よりもっと脂肪が薄くなると思うので、今の時点ではダイエットのことは考えなくていいですよ」

和代はまた羨ましそうに希美子を眺めた。それから大会に向けての一連の流れの説明をして、この日のセッションは終了。

「それでは、今日はここまでです。お疲れ様でした」

「はい、ありがとうございました。それじゃ来週から個人指導でよろしくお願いします」

「和代姉ちゃんから猛烈な気合いを感じたし、こっちも気合い入れて頑張るよ」

「腹をくくった女は強いのよ。いざ、出陣じゃ！」

和代は含み笑いでジョーク交じりに言った。ジムを出た途端に二人一緒に大きく深呼吸し、それから駐車場に向かいマンションを後にした。

「ねぇ、希美子さん。時間ある？　ちょっとだけお茶しない？」

「私もそう言おうと思ってた」

マンションのすぐ近くに小さなカフェを見つけ、そこに入ることにした。

「とりあえず第一回は無事に終了。では、乾杯！」

「乾杯！　お互いにお疲れ様でした」

　ワインではなく、アイスコーヒーで乾杯だ。

「涼くん、どうだった？　なかなかイイ子でしょ？」

「うん。最初は緊張したけど、爽やかで落ち着いた雰囲気だからホッとした。次回から個人レッスンだけど、ここなら安心して通えそう」

　甥っ子を褒められ、和代は誇らしげな表情になる。

「それにしても、あのボディチェックはなかなか厳しかったね。私なんか全身に脂肪がのってるってハッキリ言われちゃった」

「私は洋梨体型って。自分が洋梨体型なのは知ってるけど、あれだけ分かりやすく説明されると情けなくなってきた」

「ようするに、二人とも現実から目を背けるなってことね」

「確かにそうね。美ボディ大会に出場するんだから当たり前よね」

　二人とも苦笑いしながら、同時にアイスコーヒーのストローに口をつけた。

「美ボディ大会までの一年間、週一回ジムでトレーニング。それと家でもトレーニング。いきなりトレーニング三昧の生活が始まったね」

希美子はアイスコーヒーのストローを回しながら、今後の生活スタイルについて考えを巡らした。

「そりゃそうよね、それぐらいしないと、そんな簡単に身体って変えられないわよ。私なんて九キロのダイエットまであるんだから、これぞ茨の道だわ」

そう言うと、和代は両手でガッツポーズを作った。

「改善すべきところがあるってことは、それだけ大きく変われるってことよ。久しぶりにエースをねらえ！　の漫画を読んで、モチベーション上げようかな」

何だかんだ言いつつ、和代はかなり意気揚々としている。

「エースをねらえ…懐かしいね。涼くんが宗方コーチで和代さんが岡ひろみってところね」

「岡ひろみは希美子さんよ。私はお蝶夫人ですから」

昭和のスポ根漫画の記憶が蘇り、二人同時に大爆笑となる。

「確かにキャラ設定としてはそっちの方がピッタリね」

それから一時間ほどお喋りをして、早めに解散した。

「それじゃ、また明日」

「うん、とりあえず帰ったらプッシュアップとスクワットね」

希美子は電車で和代は車で、それぞれの家路に向かった。

七．それが答えだ！

家に着くなり、希美子はソファに倒れ込んだ。張り詰めていた緊張が緩んだからか、全身の力が一気に抜け落ちた感じがする。自分が思っている以上に、ずっと緊張していたのかもしれない。しばらくの間、そのまま静かに目を閉じる。すると不思議な感覚を覚えた。美ボディ大会のことは知ってはいたが、自分には縁の無い別世界のものとして捉えていた。ところが今日、美ボディ大会がいきなり現実のものに変わった。自分の中で、何かが変わったのだ。

ソファから起き上がり、夕食の準備に入る。涼のアドバイスに従い、これまで通りの献立を作る。

「ただいま。初セッション、どうだった？」

夕方過ぎに美咲が仕事から帰ってきた。帰って早々、玄関で靴を脱ぎながら聞いてきた。よほど興味があるらしい。希美子は今日のセッションの内容を細かく説明した。

「洋梨体型って、何か笑っちゃう」

洋梨体型という言葉がよほど可笑しいのか、美咲はお腹をかかえながら笑い続けた。

「カズちゃんは何て言われたの？」

九キロ近くダイエットする必要があると伝えると、美咲は和代のことを妙に心配していた。

その日の夜から宿題を開始。美ボディ大会への長い道のりが始まった。膝つきのプッシュアップとスクワットをそれぞれ二十回。余裕があるので、翌日からそれぞれ三十回づつ行う。すると二日目の朝、ベッドから身体を起こした途端、希美子の身体に強い筋肉痛が走った。たった二種目をやっただけで、これほどの筋肉痛が起こるとは想定外だった。四日目は腕と太腿はさらにパンパンに張り、強い筋肉痛を感じる。宿題を休みたいところだが、美ボディ大会のことを考えると休めない。

一週間が過ぎた。筋肉痛はほどよい程度まで治まっている。この日は初めてパーソナルレッスンを受ける日だ。ジムに行く準備をしていると、和代からラインが届いた。

『おはようございます　体調はいかがですか？　こちらは気合い十分です』

『おはようございます　少し筋肉痛がありますが大丈夫です　頑張ってきます』

『お互いに頑張りましょう』

希美子は涼のジムに向かった。最寄駅に到着すると、前回と同じように立ち止まって駅構内をグルッと一周眺めてみる。駅の景色に、まだまだ馴染みを感じない。

マンションに着き、エレベーターに乗って五階のボタンを押す。全てが前回と同じ手順。前回との違いは、隣に和代がいないことだ。心臓がバクバクと大きく鼓動する。ジムの前に立って大きく深呼吸して、それから呼び出しチャイムのボタンを押した。

「はい。お待ちしてました」

インターホンから涼の声が聞こえた。玄関の扉が開き、涼が爽やかな笑顔で出迎える。

「それじゃ、よろしくお願いします。体調の方はいかがですか？」

「あ、はい。この一週間、一回も休まずに宿題をやりました。最初の四～五日ぐらいは筋肉痛がありましたが、今日はもう治まってます」

「一回も休まずに頑張ったんですね。優秀です」

涼はニッコリ笑った。ちょっと子供っぽく扱われたが、そこに温かい心地良さを感じる。

「今日からトレーニングのマシンを使って筋トレを行います。その前にストレッチで関節をほぐしていきます。ストレッチの目的はケガの予防です。関節付近の血流を促していきましょう」

涼を見ながら、各関節のストレッチを行う。だんだんと全身がポカポカとしてきた。

「それじゃ、トレーニングに入りますね。今日は胸・背中・足の三種目です。始めは胸のトレーニング。ダンベルプレスを行います」

涼はベンチ台に仰向けになると、ダンベルプレスの説明と手本を見せた。

「筋トレで大切なのは、どこの筋肉を使っているのか自分でしっかり把握すること。これは胸に効かせる種目なので、胸の筋肉を意識しながら行うのがポイントです。では、ウォームアップから始めましょう」

希美子はベンチ台に仰向けになり、バーをつかんで見よう見まねでダンベルプレスを行った。

「なかなかセンスが良いですよ。では本番のセットに入ります。三キロあるのでさっきよりも少し重たいですよ。胸の筋肉を意識して十回を目標にやってみましょう」

希美子はまたベンチ台に仰向けになり、ダンベルプレスを行った。さっきよりも段違いに重たい。顔の真上にあるダンベルの存在に、希美子は思わず恐怖を感じる。

「大丈夫です。ボクがちゃんと補助に入りますから。一、二、三…」

七回目から手が震え出したが、そこから涼の補助が入り、何とか十回までこなした。

「重たいからビックリしました。三キロってこんなに重たいんですね」

「最初は皆、ビックリするんですよ。ダンベルが顔の上に落ちたらって思うと怖いですよね」

「そう、それです。顔の真上にあるから、何だか怖くって…」

「手首をしっかりと固定させてください。手首を固定すると全体的に安定します。そして心と体を一体化するイメージでフォームに集中すれば怖くなくなります」

希美子は涼のアドバイスを真剣に聞き入った。

「それじゃ、二セット目に入ります」

涼のアドバイス通り、手首をしっかり固定させて集中力を高める。一セット目はあれだけ不安定だったのに、二セット目は一気に体が安定して恐怖心が薄れた。

「さっきと全然違います。すごく安定したのが分かります」

「でしょ？　身体が安定すると心も安定する。心が安定すると身体も安定する」

「本当、その通りですね！」

「逆も言えます。身体が不安定だと心も不安定になる。心が不安定だと身体も不安定になる。心身一如ってやつです。筋トレをやると、心と体の繋がりを強く感じることができるんですよ」

希美子は大きく頷いた。

「では、三セット目。これが最後のセットになります。心と体の繋がりを強く感じてください。それからセットに入りましょう」

大きく深呼吸し、それから心と体を一体化させるように集中力を高めていく。三セット目は恐怖心を全く感じなかった。代わりに自分の持っている力を出し切った爽快感のようなものを感じた。

「お疲れ様です。希美子さんの場合、上半身の強化が課題です。前回も言いましたが全体を見たときに上半身の弱さが目立っている。今後は肩の筋肉の発達を重要視して進めていきますね」

「はい、よろしくお願いします」

「それじゃ、次は背中のトレーニングに入ります。ラットプルダウンというマシンを使います。まずイスに座ってバーを掴んだら、ゆっくりとバーを胸に引き寄せます。一~二秒ほど止めたらゆっくりともとの位置に戻します」

涼はラットプルダウンの説明と手本を見せた。

「では、ウォームアップで二十回やってみましょう」

希美子はマシンに座り、見よう見まねでラットプルダウンを行った。

「うん、いいですね。初めてにしてはすごくフォームが美しいです。希美子さんってトレーニングのセンスがありますよ」

涼から褒められ、希美子は照れながら喜んだ。

「これは背中に効かせる種目なので、背中の筋肉を意識しながら行ってください。次は本番のセットです。さっきよりも重いですよ。しっかり背中の筋肉を意識して十回を目指しましょう」

言われたように、背中を意識しながら行った。しかし意識しようと頑張ってみたものの、背中の筋肉の使い方が全く分からない。

「腕が効いたのは分かりますが、背中は効いてる感じがしません。腕の筋肉ばかり使って、背中の筋肉は使いたくても使い方が分からないです。背中のトレーニングって、難しいですね」

「確かに背中のトレーニングは胸や足に比べると難しい。なぜだか分かりますか？」

「…分かりません」

「胸や足は筋肉の動きを見ながらトレーニングできますよね。背中の場合、トレーニング中に筋肉の動きを目で確認することが出来ないから、意識しにくいんですよ。希美子さんは筋トレを始めたばかりだし、これから分からないことがたくさん出てきます。続けていけば、答えは必ず見つかります。答えが見つかればトレーニングの効果が顕著に体に表れる。効果が体に表れると、さらに楽しくなる。楽しくなるには、まずは続けることです」

「はい、継続は力なりですね」

「その通りです。希美子さんもそのうち筋トレにハマる人の気持ちが分かるようになりますよ」

「そうなればいいんですけどね。私の場合、大会まで続けられるかが心配で…」

希美子は苦笑いと照れ笑いをごちゃ混ぜにしながら笑った。

「それじゃ三セット目に入りましょう。これが最後のセットです」

背中の筋肉をできる限り意識し、最後のセットを行った。これまでよりも背中に効いたような気がする。続けていけばもっともっと上手くなるような気がしてきた。

「それじゃ次は足のトレーニング、今日、最後の種目です。頑張りましょう」

ジムの中を陣取っている、一番大きなマシンの前に移動する。

「これはスミスマシンと言います。このマシンでパラレルスクワットをやります。宿題でスクワットをやり込んだので脚の筋肉は慣れているでしょう。今日は負荷をかけて行いますね」

涼はパラレルスクワットのフォームの説明と手本を見せた。

「では、ウォームアップで二十回やってみましょう」

希美子はバーを肩に担ぎ、スクワットを行った。とてもスムーズに動ける。宿題でスクワットをやり込んだ成果を感じた。ウォームアップの後、バーに小さなプレートを装着して負荷を乗せる。

「本番のセットに入ります。十回を目標に頑張りましょう。一、二、三…」

スクワット開始と同時に、バーの重さが太腿にグッとのしかかってきた。

「太腿と床が平行になるまで、もっと深くしゃがみましょう」

ただでさえ重いのに、これ以上しゃがめと言うのか。心の中で叫びながら何とか十回やりきった。

「はぁ、キツイです」

「スクワットは下半身の大きな筋肉を鍛えるので、筋トレの中でも一番キツい種目です。深くしゃがめばしゃがむほどキツい。希美子さんは上半身に比べると下半身の方が強く見えるので、下半身を引き締める必要があります。重量は軽く、高回数のパラレルスクワットを実践します」

「今のって、軽い重量なんですか？　重たく感じましたが…」

「重たく感じたのは、深くしゃがんだからです。これまでは浅かったからでしょう。ちなみに〝浅いスクワットは浅はかなスクワット〟という名言があるんですよ。自分では出来てるつもりでも、実際は出来てないって意味です。筋トレのフォームって、その人の性格が出るんですよ」

図星を突かれ、希美子の顔は赤くなった。

「今のはちょっとしたジョークですよ。さぁ、二セット目に入ります。頑張りましょう！」

必死に深くしゃがみ、何とか十回やりきった。太腿はパンパンに張っている。

「しっかり深くしゃがめてましたね。太腿に効いたでしょ？」

「はい。確かにスクワットが一番キツイかも…」

希美子は水分補給をして、それから呼吸を整えた。

「それじゃ、三セット目に入ります。これで今日のトレーニングは終了。悔いの無いように、最高のスクワットをやって終わりましょう。いきますよ、一、二、三…」

希美子は無我夢中でしっかり深くしゃがんでスクワット十回を完遂した。

「お疲れ様でした。よく頑張りましたね。効いたでしょ？」

涼は拍手で希美子を称えた。喉がカラカラになり、水をガブ飲みする。

「効いたどころか、もう全身がパンパンです」

「それをパンプアップって言うんです。筋トレ後の筋肉が大きく肥大した状態、それがパンプアップです。筋肉の中に水分が送り込まれて、大きく膨れ上がるんですよ」

「確かに、膨れ上がってる感じがします。人生初のパンプアップです」

二人同時に笑った。笑ったことで二人の距離が一気に縮まり、和やかな空気が流れる。

「とりあえず、宿題のプッシュアップとスクワットは続けてくださいね。明日はかなり筋肉痛がくると思うので、ある程度は覚悟した方がいいと思いますよ」

「はい、覚悟しておきます。それじゃ、また来週もよろしくお願いします」

手早く着替えをすませてジムを後にした。初めての個人セッションを終えた希美子は、最高に気持ち良い達成感に包まれていた。全力を出し切ったからこそ感じられる達成感だ。

帰路につくまでの間、今回のセッションの内容をじっくり思い起こしてみる。トレーニングのことだけでなく、涼が言った言葉の全てが希美子の心に深く響いている。学びの多い一時間だった。

その日の夜、美咲に今日のセッションの様子を報告した。

「うわぁ、何か本格的だね。お母さん、本当に美ボディ大会に出るんだね」

興奮した様子の美咲は目を輝かせながら話を聞いていた。疲れ気味の希美子は早めに就寝することにする。お風呂から上がってベッドに横になった途端、アッという間に眠りについた。眠りにつくというより、眠りに落ちるという方が正しい。それほど全身が疲労していた。

翌朝、いつもより少し遅めに目が覚める。ベッドから起き上がろうとした瞬間、全身に激しい筋肉痛が走った。足を一歩出すごとに、全身に筋肉痛が襲いかかる。特に首、肩、腕、それと太腿が強烈に痛む。体が思うように動かせない。痛みに耐えながら、すり足でキッチンに向かった。

「おはよう、朝食の用意できてるからね。それじゃ、行ってきまぁす」

「いってらっしゃい。気をつけてね」

美咲は慌てた様子で出て行った。用意された朝食に、普段以上の感謝を感じる。

「美咲、ありがとう。いただきます」

朝食をすませ、筋肉痛に耐えながら会社に向かった。ロッカーで着替えていると、和代が入ってきた。和代も同じく、すり足で歩いている。それを見て、希美子は思わず吹き出した。

「おはよう。アイタタタ…」

「涼くんがね、明日は二人揃って筋肉痛確定だって言ってたけど、その通りになったね」

「私にも同じこと言ってた。二人ともすり足で、まるで狂言師みたいね」

二人同時に笑うと、今度は腹筋に強烈な筋肉痛が走る。

「アイタタタ…」

筋肉痛に耐えながら、何とか制服に着替えた。鏡を覗くと、制服姿が前にも増して滑稽に見える。

和代がそろりそろりと歩き出すと、それを見た竹本ユキナが大声を出して笑い出した。

「どうしたんですか？　その歩き方、かなりヤバイですよぉ」

前回同様、悪気の無い顔でサラッと言った。相変わらず空気が読めない。

「ヤバイって何？　カッコいいって意味？」

和代がいかにもジョークっぽく聞き返すと、ユキナはまた大声で笑った。

「違いますよぉ。イタいって意味ですよぉ」

前回とほぼ同じやり取りだ。希美子は呆れながらその様子を眺めていた。

「イタい？　だったら正解だわ。筋肉痛で全身が痛いのよ…」

「違いますよぉ。そっちのイタいじゃないですよぉ」

和代なりにシャレを利かせたつもりだったが、ユキナには全く通用しなかった。

「そっちのイタいでも、あっちのイタいでも、どっちでもいいわ…アイタタタ…」

和代が適当にあしらうと、ユキナはあっけらかんと笑いながら更衣室を出て行った。

「さて、それじゃ行きましょうか」

和代がすり足で歩き出すと、それに続くように希美子もすり足で歩き出した。二人の狂言師もどきは、各自のデスクへと分かれたのだった。

八．夢見る少女じゃいられない

涼のジムに通い出してから三ヶ月が経過した。週に四回の宅トレ、それと日曜日はジムトレ、この二つを平行して行っている。涼はそれぞれにチューブを使ったトレーニングを指導した。希美子は筋肉量を増やすためのメニュー、和代は筋肉量を増やしつつ燃焼効果の高いメニュー。それぞれのボディメイクに適した内容でメニューを作成し実践させている。希美子と和代、どちらも順調だ。

ジムでの筋トレもそれぞれに適したメニューが組まれた。希美子は上半身の弱さを改善するために、上半身を中心としたトレーニングを実践。特に肩は重い重量を使用して、かなりハードに追い込んでいる。その甲斐あってか肩幅の狭さが以前に比べて改善され、上半身と下半身のバランスが少しずつ整ってきた。和代は全身の筋肉をバランス良く発達させるメニューを実践している。

美ボディ大会までの一年間、トレーニングが好調なときもあれば不調なときもある。そこで月に一度、レトロ本舗で女子会を開くことにした。メンタル面での悩みやトレーニングに対する疑問などワイン片手に語り合うのだ。語り合うことで悩みや疑問が多少なりとも解消される。お互いのモチベーションを持続させるためにも、女子会でストレスを発散させた方が得策だと考えたのだ。

そんな中、希美子はあることに気付く。美ボディ大会に出場すると決めてから、鏡を見る回数が格段に増えた。これまでなら一日に鏡を見るのは三回か四回、多くてもせいぜい五回か六回程度。鏡に映る自分をじっくり見ると、シミ・シワ・目の下のくまなど見たくないものばかりが目に入る。結果、鏡を見ると気分が落ちてしまう。だから必要以上に見ないようにしていたのかもしれない。ところが美ボディ大会に出場すると決めてからは、鏡に映る自分が気になって仕方が無いのだ。トレーニング中は鏡を見ながら各筋肉の動きをチェック。メイク中は鏡を見ながら肌の張りやフェイスラインをチェック。何より鏡を見る回数が増えた大きな理由は、自分の身体の細かい筋肉一つ一つを鏡で観察する習慣がついたことだろう。さらに洋服が似合うようになったことで、コーディネートを考えるのが楽しくなった。若い頃よりも今の方が、自分自身に興味を持っているかもしれない。それだけでも美ボディ大会に出場する意義が感じられる。希美子はそんな風に思った。

三ヶ月を経過したあたりから、それぞれの見た目に明らかな変化が表れた。希美子は肩の筋肉に発達が見られ、それによって上下のバランスが明らかに改善された。

「前より垢抜けた感じがする。今の方がカッコ良くて元気ハツラツに見えるよ」

希美子の変化に気づいた美咲は我が事のように自慢げに喜んだ。バランスが整ったことで、同じ洋服を着ていても以前より洗練して見えるらしい。

一方の和代は、筋トレとダイエットの効果が如実に体に表れた。元々運動が得意で何でも器用にこなせるタイプだったこともあり、希美子以上の変化が表れている。五十八キロあった体重は、この三ヶ月の間に食事制限無しで三キロも落ちたのだ。お腹の回りがすっきりしてウェストにくびれが表れ、顔もキュッと小さくなった。以前より身体全体が一回り小さく見える。

月日は流れ、美ボディ大会まで残り半年となった。十月後半の日曜日。いつも通り、希美子は涼のジムに向かった。最寄駅に到着し、駅構内をグルッと一周眺める。最初は全く馴染みの無い景色に見えた。通い続けたことで、馴染みの景色へと変わっている。

この日も全力を出し切るトレーニングを完遂。最後のセットを終了し、希美子は気持ち良い達成感に包まれていた。トレーニングを始めたての頃に比べると、扱う重量は格段に上がっている。最初は三キロのダンベルの重さに驚いていたが、今はその倍の六キロのダンベルを悠々と扱う自分がいる。始めたての頃の自分が懐かしく感じるほどだ。

「美ボディ大会まで、残り半年になりましたね」

「そうなんですよ。いつの間にか、半年が過ぎました」

「残り半年になったし、そろそろポージングとステージングの練習を開始しましょう」

ポージングと聞いても、希美子はピンとこない。

「美ボディ大会は身体を競うコンテストですが、審査はそれだけじゃない。ポーズの取り方・ステージ上での歩き方・顔の表情、全てが一パックで審査されます。単に身体を鍛えてボディメイクするだけでは、大会で良い結果を出せません」

そう聞いて、なるほどと納得した。

「ポージングの練習はここで行います。ステージングの指導は、ここでは出来ません。知り合いのコーチを紹介するので、その人のところに和代姉ちゃんと一緒に何回か通って下さい」

また新しい扉を開く。希美子はワクワクしてきた。

「それじゃ、次回のセッションからポージングの練習も開始しますね。今よりもっと忙しくなりますよ。時間を有効に使えるようにテキパキと進めていきましょう」

その日の夜、和代からレトロ本舗にて女子会のお誘いラインが届いた。希美子はすぐにピンときた。知り合いのコーチのところに二人で通うように涼から指示され、その打ち合わせをするのだろう。希美子は即座に了解のスタンプを送った。

十月最後の金曜日。希美子は六時半ぴったりにレトロ本舗に到着。和代はそれより前に入店していて、先に飲み始めていた。顔と身体がグッと引き締まり、そのせいかグラスを持つ姿が前よりも凛として見える。順調にダイエットが進んでいるのが遠目からでも分かった。

「お疲れ様です」

「お待たせ！　何飲んでるの？」

「これ？　ティオペペ。シェリー酒よ」

ティオペペはスペイン産のシェリー酒で、優雅な黄金色と独特の香りが特徴のお酒だ。

「へぇ、ワインじゃないんだ。珍しいね。じゃ、私もティオペペにしようっと」

希美子は急いで店員を呼びとめると、ティオペペをオーダーした。

「ねぇ、知ってた？　シェリー酒ってワインの一種なのよ」

「そうなの？　別の種類と思ってた。ウィスキーみたいな感じで」

「シェリー酒は〝酒〟っていう字をつけて呼ぶから、そう思い込んでる人が多いんだって」

「言われてみればそうよね。酒って字がついてるから、勝手にそう思い込んでたかも」

「でしょ？　自分が思い込んでるだけで、実は違うことって案外多いのよ」

希美子が感心していると、和代はさらに続けた。

「ティペペって、どういう意味か知ってる?」

「知らない…どういう意味?」

「スペイン語で〝ぺぺおじさん〟って意味よ」

「ぺぺって名前だったんだ。ぺぺおじさんかぁ…どんな人だろうね」

「そうねぇ…もしイケオジだったら希美子さんに紹介したいわ。やっぱり無理かな? これまで希美子さんに男性を紹介しようとしたけど、全く会おうとしなかったし…」

会話の途中に希美子のティオペペが到着。

「それでは、半年間頑張り続けたご褒美で、乾杯!」

「美ボディ大会まで残り半年に乾杯!」

二人のグラスからティオペペの淡い黄金色がキラリと輝きを放った。

「また痩せた?」

「分かる? 五十八キロあったけど、五キロ落ちたから五十三キロ。目標体重まで残り四キロ」

「凄い! よく頑張ったねぇ。エライ!」

「でしょ? 自分でもそう思う。私ってエライ!」

得意満面の和代に向かって、希美子は拍手を送った。

「涼くんに言われたの。これからがダイエットの勝負期間だよって。三キロから五キロって、わりと簡単に落ちるらしいのよね。そこから先が勝負だって言われたわ」

そう言いながら、和代はフードメニューを凝視する。

「夜は食事の内容に気をつけるようにって。遅い時間の炭水化物は禁止。食べるなら、たんぱく質にしなさいって。何にしようかな…」

考えに考えた挙句、枝豆とほっけ焼きを選んだ。

「涼くんから聞いたでしょ？　ステージングの練習のこと」

「うん、聞いた。二人で一緒に通ってくださいって」

和代はスマホを取り出し、スタジオのインスタを希美子に見せた。

「ここに通ってくださいって。涼くんの知り合いらしいわ。ラッキーなことに会社からわりと近いのよ。スタジオまで電車でたった一駅。だから会社帰りに二人で通えるわ」

「それ、凄くラッキーね。きれいなスタジオだし、涼くんの紹介なら安心ね」

「アッ、あった。この人がコーチだって」

和代はコーチの画像を希美子に見せた。

「うわぁ。さすが、美人ね。モデルさんみたいじゃない」

「でしょ？　私もビックリした。リナ先生だって。涼くんにこの人何歳？　て聞いたら、和代姉ちゃんは年齢を気にしすぎだって言われて、結局教えてくれなかったのよ」

和代は笑いながら今度はスタジオ内を優雅にウォーキングする女性たちの画像を見せた。

「これがレッスン風景。歩き方とかステージ用の美しい動きを教えてくれるらしいわ」

「全員がモデルさんみたいじゃない。私には場違いな感じがする」

インスタを見た途端、希美子は圧倒されて意気消沈する。

「希美子さんのそういうところ、これから直さないとダメよ。もっと自分に自信を持たないと。そんな弱気でステージに立っても良い結果は出せないよ。何のためにトレーニングしてきたの？　ステージで自分至上最高の姿を披露するためでしょ？　その為にここに通うんでしょ？」

「確かにその通りよね。自分至上最高の姿を披露しなきゃ」

ようやく希美子から力強い言葉が聞けて、和代はホッとする。

「涼くんがね、美ボディ大会まで月一回ペースで一緒に通ったらどうかな？　って。来月から通おうと思うんだけど、まず予約を取らないとダメなのよ」

「私はいつでもいいよ、会社から近いしね」

和代はティオペペを一口飲むと、ジッと希美子の顔を眺めた。

「何？　どうしたの？」

もう一口だけティオペペを飲むと、そっとグラスを置いた。それからテーブルに肘をつき、指を組んでそこに顎を乗せた。

「当日のステージメイクのことだけど、美咲ちゃんにお願いするのはどうかな？」

希美子は少々驚いた顔で和代を見た。

「美咲に？」

和代は大きく頷く。

「メイクってさぁ、時代が出やすいのよね。我流でやると、どうしても古さが出ちゃうのよ。今の子って本当にメイクが上手じゃない。だから思い切って美咲ちゃんみたいな若い世代の子にお願いして、今どきの顔を作ってもらった方がいいんじゃないかなって思うんだけど」

確かにその通りだと思った。美咲は特別派手なメイクを好むタイプではないが、ここぞという場面ではバッチリとメイクをする。しっかりと仕上げたときの美咲の顔は、まるで別人級に変化するのだ。顔全体に立体感が出て、メリハリのあるメイクに仕上げる。アイメイクが特に上手く、華やかな目元に仕上がっているにも関わらず、決して厚塗りっぽさを感じない。自分でやると、ああは出来ないだろう。単なる厚化粧になるに違いない。

「それ、良いわね。確かに自分達でやるよりも美咲にやってもらった方が良いような気がするわ」

和代の発案に、希美子は目を輝かせた。

「でしょ？　是非とも美咲ちゃんに頼んでみてよ」

「オッケー。帰ったら、早速話してみるわ」

和代はとても満足げな顔で、またティオペペを一口飲んだ。

「残りの半年間は大会の準備で大忙しよ。ポージングとステージングの練習でしょ。メイクは美咲ちゃんに任せるから大丈夫ね。それから大会で着る衣装とハイヒールも準備しないと。水着だけど大会規定のものじゃないとダメなの。希美子さん、自分の衣装を何色にするか決めてね。一緒にオーダー入れるから。私はクールにキメたいから青色にします。希美子さんは？」

「そうねぇ、何色にしようかな…。派手な色って普段着ないから迷うなぁ」

「だったら美咲ちゃんに聞いてみたら？　アパレルの仕事をしてるんだから、プロの目線で似合う色を教えてくれるはずよ」

「それもそうね、美咲のセンスを信じるわ。決まったらラインします」

着実に前に進んでいる。水着姿でステージに立つ自分を想像して、希美子はドキドキしてきた。

「ほんの半年前まではいつも通りの生活だったのに、全てが激変して何だか夢の中にいるみたい」

希美子の言葉を聞いて、和代はわざと大袈裟に笑った。

「夢の中にいるみたいって凄く幸せなことじゃない。けどさぁ、これからもっと忙しくなるんだから、夢を見るのは大会が終わった後にしてください。私なんかこれから四キロもダイエットしなきゃダメなんだから、夢見てる場合じゃないわ。しっかり現実と向き合わないと」

そう言うと、グラスに残ったティオペペをクイッと飲み干した。

「そりゃそうよね。メイクの件、すぐに美咲に相談してみます」

「私も涼に連絡して、リナ先生のところにレッスンの予約を入れてもらいます」

この日はこれでお開きとなる。二人とも上機嫌で手を振り合い、それぞれの家路へと別れた。

早速、希美子は美咲に当日のステージメイクを依頼すると、すぐに快諾してくれた。

「責任重大だなぁ。整形級メイクとかステージメイクとか、色々と研究してみよう」

「それからお母さんの衣装なんだけど、何色がいいと思う？」

「赤！　お母さんは絶対に赤色が似合うよ」

美咲は赤色と即答した。それから例のクネクネ踊りを始めた。

「ありがとう。和代さんも凄く喜ぶわ」

美咲のクネクネ踊りを眺めていると、スマホからラインの着信音が聞こえた。

『リナ先生だけど、再来週の金曜日七時から八時で予約を入れました　よろしくお願いします』

さすが和代だ、仕事が早い。早速予約を入れている。

『了解です　メイクの件、美咲はオッケーです　私の衣装は赤色にします　よろしくお願いします』

和代にメッセージを送り、就寝の準備に入った。希美子はふと前に美咲が言った言葉を思い出した。

「カズちゃんはしっかり者だから、お母さんはカズちゃんについて行けばいいんだよ」

「もう大会までのレールが出来上がってるのと同じだよ。さすが、カズちゃんって感じ」

確かに美咲の言った通りだ。和代がいたからこそ、美ボディ大会に出場できる。改めて、和代への感謝の気持ちが込みあがってきた。

「和代さんと出会えてよかった…」

珍しく独り言を呟き、そのまま落ちるように眠りについた。

九．ヤマトナデシコ七変化

十一月初旬の金曜日。退社後、希美子と和代は揃ってリナ先生のスタジオ『Ｌｅａｆ《リーフ》』へ向かった。リーフは雑居ビルの四階にあるレンタルスタジオだ。少し分かりづらい場所だったが、予め涼からスタジオまでの行き方を詳しく聞いていたのですぐに見つけることができた。夜七時からレッスンの予約を入れている。予約より前に到着したため、少し付近をウロウロしながら時間を潰すことにする。七時ぴったりにスタジオのドア開けると、ドアの前にリナ先生が立っていた。

「はじめまして。岩田涼くんの紹介で来ました」

「水瀬和代さんと大江希美子さんですね。お待ちしていました」

リナ先生は微笑みながら二人を出迎えた。独特の雰囲気があり、インスタの画像よりも実物の方が美しく見える。会社では絶対に見かけないタイプの女性だ。

スタジオの中は三方向が鏡張りになっていて、想像以上に広々としている。床と壁どちらもナチュラルな木目調で、スタジオ全体に自然の温もりを感じた。ドアの横にレッスンのスケジュール表が貼ってある。ステージング以外に、ヨガやピラティスなどのクラスも開講しているようだ。

「それでは早速始めましょう。こちらで着替えてください」

二人をフィッティングスペースへ誘導した。着替えを済ませ、二人そろってリナ先生の前に立った。

「では、まず最初にストレッチから始めますね」

床に座るとすぐにストレッチの説明が始まった。リナ先生のちょっとした身振りや仕草にも美しさを感じる。二人ともリナ先生ワールドに浸りながらストレッチを行った。

「ストレッチですが、今後はレッスン前に各自で行うようにしてくださいね」

リナ先生はすっと立ち上がった。一つ一つの立ち居振る舞いに、二人とも目を奪われっぱなしだ。

「まず始めはウォーキングのレッスンです。スタジオの端から端まで歩いてみましょう。それでは、和代さんからスタートしてください」

和代は言われた通り、スタジオの端から端まで歩いた。その姿をリナ先生はじっと観察する。

「いいですね。それでは次は希美子さん、歩いてみましょう」

希美子は緊張を隠すために、ずっと照れ笑いをしながら歩いた。リナ先生はじっと観察している。

「ありがとうございます。ウォーキングって、その人の性格が反映されるんです。和代さんは積極的で希美子さんは少し消極的な性格のように思いましたが、いかがですか？」

二人は顔を見合わせて、思わず吹き出した。

「はい、当たってます。その通りです」

「次はステージの上と思って歩いて下さい。希美子さんからスタートしましょう」

先に指名された希美子は慌てて歩き出した。やはり照れた表情のままで、動きも何だかぎこちない。

「はい、ありがとうございます。では次、和代さん歩いてみましょう」

和代はステージを意識して、さっきよりも胸を張って堂々と歩いた。

「ありがとうございました。次は私がお手本をお見せますので、できるだけ観察してください」

そう言うと、リナ先生は二人にウォーキングの手本を見せた。その姿は何とも優雅で、ため息が出るほど美しい。そこだけ時間がゆっくりと流れているような、まるで異空間のようだ。

「いかがでしたか？　観察できましたか？」

「はい、観察というより、完全に見惚れてました」

和代は感動した様子で答えた。

「和代さんのウォーキングは、頑張ろうとする気持ちが前に出すぎています。もっと力を抜きましょう。ゆっくりと優雅にエレガントに。お手本を真似る意識でもう一度歩いてみましょう」

和代は大きく深呼吸して気持ちを落ち着かせた。それからリナ先生のウォーキングを頭に浮かべて、それを真似るように歩いてみる。すると、さっきとは段違いにウォーキングが美しくなった。

「では次、希美子さんですね。希美子さんが一番改善すべきは、緊張している自分を隠そうとして、照れてしまうところです。そこをまず改善すべきです」

希美子は図星を指され、また照れてしまった。照れて顔がどんどん赤くなっていくのが分かる。

するとリナ先生は優しくニッコリと笑顔で話し始めた。

「緊張しないようにって言われても、緊張するんだから仕方ないですよね。こう見えて私もすごく緊張するタイプなんですよ。ステージに立つようになって、緊張する性格がいかにステージでマイナスなのかを痛感したんです。どうすればいいんだろうって悩んだ時期もありました」

今のリナ先生からは想像もつかないセリフだ。希美子は真剣に聞き入った。

「ある時、思ったんですよ。緊張していない演技をすればいいんだって。緊張してない演技をしてるうちに、本当に緊張しなくなったんです。それから脱皮したみたいに良いステージングができるようになりました。希美子さんも、ステージではとことん女優になりましょう」

リナ先生に共感が持てて、希美子はたまらなく嬉しくなる。

「では希美子さん、歩いてみてください」

希美子は大きく深呼吸をすると、リナ先生のアドバイスに従って緊張してない演技をしながら歩いた。すると不思議と顔から照れた表情が消えたのだ。さっきよりもはるかに良く見える。

「二人とも一回目よりも二回目の方が美しく改善されましたね。ウォーキングって意識の持ち方を変えるだけで格段に良くなるんです」

　確かにその通りだと、二人は深く頷いた。それからリナ先生は再びお手本を披露。

「美しいウォーキングのポイントは、姿勢をキープすること。頭や目線を上下させず、前を真っ直ぐに見て一直線上を歩きます。それでは、交互にウォーキングしましょう」

　二人はスタジオの端から端までを何回もウォーキングを繰り返した。

「希美子さん、猫背で前のめりになっていますよ。背筋をピンと伸ばしましょう」

「和代さん、腕を前に振りすぎです。まっすぐ腕を伸ばして、優雅にゆっくりと歩きましょう」

「二人とも膝が曲がっています。膝を伸ばすように意識してください」

　合計十往復ウォーキングした後、休憩を入れた。歩いただけなのに、二人ともクタクタで体中から汗が吹き出している。二人揃って、むさぼるように水分を補給した。

「ウォーキングの練習って、こんなにハードなんですね」

「美しいウォーキングを手に入れるには、頭の先から足の先まで全てに意識を注がないとダメです。脳と身体を同時に使うから、最初はかなり疲れてハードに感じるでしょう」

足首・足裏・ふくらはぎが悲鳴を上げている。

「ウォーキング練習はここまでです。次は笑顔の練習に入ります。鏡の前に移動してください」

ウォーキングの練習が終わったと聞いて、ホッとしながら鏡の前に移動した。

「では、鏡に向かって魅力的な笑顔を作ってください」

二人は並んだ状態で、鏡を見ながら笑顔を作った。

「そのまま、しばらく笑顔をキープしましょう」

二人ともすぐに口元の筋肉がピクピクと動き始め、ぎこちない笑顔になった。魅力的どころか不気味な表情にしか見えない。鏡越しにお互いの不気味な笑顔が目に入り、同時に吹き出してしまった。

「頬も口もピクピクして、顔が痙攣しそうになりました。笑顔をキープするって大変なんですね」

「その通りです。魅力的な笑顔を作るには、表情筋がポイントになります。二人とも表情筋が凝り固まっているので、笑顔がこわばって不自然になってしまったんですね。表情筋がスムーズに動くように、これからフェイスエクササイズを行います。私の真似をしてくださいね」

リナ先生は二人の後ろに座った。鏡の中に希美子・リナ先生・和代の顔が並ぶ。

「では、口角を思いっきり横に引きながら〝イー〟と発音しましょう。いきますよ、イー」

二人とも言われた通りにイーと発音した。

「次は唇を小さくして前に突き出しながら〝ウー〟と発音します。いきますよ、ウー」

言われた通りにウーと発音。

「ではリズムに乗りながら、繰り返し十セット行ないましょう。イー・ウー・イー・ウー……」

十セットが終わった時点で、顔がポカポカしてきた。表情筋がほぐれて血行が良くなったのだ。

「それではもう一度、鏡に向かって魅力的な笑顔を作ってください」

二人は並んで、また鏡に向かって笑顔を作った。さっきと違って笑顔が簡単に長くキープできる。

「さっきと比べて、どうでしたか？」

「全然違います。表情筋って凄いですね。顔が凄くほぐれて軽くなりました」

二人とも改めて顔の表情筋の衰えを痛感した。デスクワークが中心の仕事で、仕事中は無表情で作業に没頭することが多い。普段の生活の中で顔の表情筋を動かす機会はかなり少ない。それでは表情筋が衰えるのも当然だ。

「お二人にはさきほど行ったフェイスエクササイズをお家でも行ってもらいます。鏡を見ながら一回につき十セット、朝晩二回づつ行なってください」

二人とも表情がとても豊かになっている。

「笑顔も審査の対象になります。笑顔には人生を大きく変えるパワーがあります。鏡を見て、より魅力的で美しい笑顔が作れるように頑張りましょうね」

二人揃って大きく頷いた。

「次回はウォーキングとステージでの美しい動き方を指導します。それでは、お疲れ様でした」

「ありがとうございました」

目からウロコだらけの大満足な一時間だった。

「ねぇ、この一時間で物凄く女子力アップしたと思わない？」

「確かに女子力アップした！　めちゃくちゃ楽しかった」

二人はハイテンションでスタジオを後にした。今日のレッスンについて、あれこれとお喋りをしながら駅へと向かう。その途中、希美子はふと学生の頃を思い出した。

「今のこの感じ、高校生の頃を思い出したわ。学校の帰り道みたい」

「私も同じことを言おうとしたの。あの頃の感覚が甦ってる。懐かしい感じがする」

「この際だから、美ボディ大会までは二人で高校生にタイムスリップね」

「美咲が聞いてたら絶対に大爆笑だ」

「竹本ユキナが聞いてたらヤバいって言うかな？　それともイタいって言うのかな？」

和代の言葉を聞いて、希美子はお腹を抱えて笑った。

「美ボディ大会出場ってさ、打ち上げ花火みたいなもんじゃない。どうせやるなら思いっきり楽しもうよ。高校生の頃に戻って、最高の打ち上げ花火にしようよ」

別れ際、二人はこの日習ったばかりの笑顔を作って別れた。

希美子は帰宅してすぐに今日のレッスンの様子を美咲に報告した。

「そのレッスン、絶対に女子力アップするよね。しっかりフェイスエクササイズして最高の笑顔でステージに立ってよね。私もメイク担当として責任重大なんだからね。メイクのせいで良い笑顔が作れなかったって言われたら、シャレにならないよぉ」

美咲の言葉を耳にして、希美子は改めて自分は恵まれていると実感した。ほんの一年前までは美ボディ大会に出場できる自分ではなかった。今は美ボディ大会に向けて何の不安もない自分がいる。和代はもちろん、涼くん・リナ先生・美咲、たくさんの人の協力があってこその自信と安心感だ。

「メイク担当の美咲先生、どうぞよろしくお願いします」

「二人とも整形級の別人メイクで大変身させるから、楽しみにしててよ」

そう言うと、美咲は軽くリズムにのりながら例のクネクネ踊りを始めた。

十．秘密の花園

九ヶ月が経過し、新しい年を迎えた。美ボディ大会まで残り三ヶ月となった。週に四回の宅トレ、日曜日は涼によるパーソナルトレーニング、さらに定期的にリナ先生のところでステージングのレッスン。自宅でもステージングの練習。美ボディ大会に向けて、二人のスケジュールはパンパンだ。

この頃になると、二人とも見た目にさらなる変化が現れる。希美子は肩のトレーニングをハードに追い込んだ結果、上半身の弱さが見事に改善されて上下のバランスが整った。体重は殆ど変わっていないが全身が美しくシェイプされ、表情も明るくなり堂々と落ち着いた風貌に変化する。

一方の和代はさらにダイエットが進み、五十八キロあった体重が五十一キロまで落ちた。筋肉を発達させつつ上手くダイエットを進めた結果、メリハリ感のあるシルエットが完成。以前はずんぐり体型だったが、今はその欠片も見当たらない。食事制限はしているが、週に一回は好きなものを食べる。それによってストレスをほとんど感じずに目標体重まで残り二キロのところまで到達した。

希美子と和代、どちらも九ヶ月間の努力が如実に現れ、社内でも二人の変化が噂され始めた。

「前と雰囲気が変わりましたね。何かあったんですか？」

女性は他人の変化に敏感だ。特に変化の大きい和代は、女性社員から注目の的となっている。制服がブカブカになり、痩せたことで〝やたらと可愛い制服〟がだんだん様になってきたのだ。

「どうやって痩せたんですか？」「どんなダイエット法ですか？」

更衣室の中で、頻繁に同じ質問を投げかけられるようになった。

「今年に入ってパーソナルジムに通い出したの。そこで筋トレと食事法を教えてもらってるのよ」

「へぇ、パーソナルジムですか…。やっぱり本格的ですね」

「本格的だけど、ストレスがかからないようにプログラムしてもらってるの。週に一回は好きなものを食べてるし、ワインも普通に飲んでるのよ。今のダイエット法って、なるべくノンストレスで痩せるっていうのが基本らしいわ。ストレスはリバウンドの原因だから」

「それで痩せたら最高ですよね！　ダイエットって結局ストレスが原因で挫折するんですよ」

和代のダイエット成功談で盛り上がる中、ある一言でその場の空気が一変する。

「うわぁ、ヤバイ！　ヤバイ！　マジでヤバイですよ！」

例のごとく竹本ユキナの一言だ。和代を見るなり、急に大声で〝ヤバイ〟を連発した。

「ヤバイって何？　前よりちょっとは制服が様になってる？」

例のごとく冗談まじりに和代が聞くと、ユキナから予想外の返事が返ってきた。

「違いますよぉ。ヤバイぐらいキレイって意味ですよぉ」

狐につままれた気分の和代がポカンとしていると、ユキナは濁りの無い目でこう言った。

「こんなにキレイになったんだから、思い切って美ボディ大会に出ちゃったらどうですか？」

ユキナの口から美ボディ大会というフレーズが飛び出し、和代は思わずドキッとする。大会に出場することは会社の誰にも言っていない。それなのに美ボディ大会というフレーズが飛び出すとは……。

「美ボディ大会？　へぇ、そんな大会があるんだ」

わざと知らないふりをしてユキナに問いかけてみる。すると思いもよらない言葉が返ってきた。

「私のママ、美ボディ大会に出場するんですよぉ。本気モードで毎日必死に筋トレ中です」

和代は固まった。

「お母さん、大会に出場するの？　凄いじゃない」

凄いと言われ、ユキナは屈託の無い笑顔を見せた。母親が褒められて嬉しいのだろう。ユキナの口調から、母娘関係が良好であることがうかがえる。

「五〇歳の記念とか言って美ボディ大会に出場するんですよぉ。マジでヤバイと思いません？」

和代はまた固まった。そこにユキナの口からとどめの一言が飛び出す。

「ダイアモンド杯って大会に出場するんです。私の方が緊張しちゃって、マジでヤバイですよぉ」

和代は完全に固まった。

「そうなの…お母さんに頑張って下さいって…お伝えしてね」

「あざーっす。それじゃ、ダイエット頑張ってくださいねぇ」

昼休憩を終えた希美子は、ぼんやりと窓の外を眺めていた。空気は冷たいが、晴れて冴え渡った青空が広がっている。今日、洗濯物を干してくるんだったなぁ。そんなことを考えていると、デスクの上のスマホからラインの着信音が聞こえた。

『緊急会議！　今夜、レトロは？』

午後六時半ぴったりの時間にレトロ本舗に到着すると、和代はすでに飲み始めていた。ワイングラスを片手に持ち、希美子に向かって急かすようにこっちこっちと手招きをしている。

「お疲れ！　急に呼び出してゴメンね。大丈夫だった？」

「大丈夫だから来たんじゃない」

希美子が笑いながら言うと、和代はグラスに残ったワインをクイッと飲み干した。

「飲まずにはいられない話があるのよ。だから先に飲んでるの」

「いつも先に飲んでるじゃない。その前にとりあえずワイン！　何飲んでるの？」

「これ？　これはカベルネ。本当はスパークリングが飲みたい気分なの。ボトルで入れたいんだけど、いい？」

「スパークリング？　いいね、私も飲みたい。ロゼがいいな」

「ヨシッ、決まり！　今夜はロゼスパークリングに決定！」

ピンクの可愛い色味と発泡酒の飲みやすさ、視覚と味覚の両方を楽しめる、それがロゼスパークリングだ。和代は早速ロゼスパークリングのボトルをオーダーし、それから鯖の塩焼きに海鮮サラダと豆腐サラダもオーダーした。

「で？　緊急会議って？」

希美子が聞くと、和代は大袈裟なほど目を大きく見開いた。

「もうねぇ、びっくりして喉がカラカラなの。希美子さんも絶対にびっくりするわよ」

「え？　何？　やだ、ドキドキするじゃない。早く言ってよ」

「今朝ね、竹本ユキナが私を見るなりヤバイ、ヤバイって連発したのよ。いつものノリで。そしたら真顔で痩せてキレイになったから美ボディ大会に出たらどうですか？　て言ってきたの」

「へぇ、竹本さん、美ボディ大会のこと知ってたんだ」

「ここからが本題！　ユキナのお母さん、美ボディ大会に出場するんだって。しかもよ、出場するのはダイアモンド杯！　私たちと同じ大会に出場するんだって！」

「エーッ？　嘘でしょ？　本当に？」

あまりの驚きに、希美子はイスから落ちそうになった。

「びっくりでしょ？　私も聞いた瞬間、体が石みたいに固まったわ」

「うん、私も固まった。竹本さんのお母さんっていくつなんだろうね」

和代は何かを思い出したようにハッとした表情を見せ、それからクスクスと笑い出した。

「な、何？　どうしたの？」

「それがさぁ、笑っちゃうよ。竹本ユキナがこう言ったの。ママは五〇歳の記念として美ボディ大会に出場するんだって。マジでヤバイと思いません？　って。ユキナのお母さんって私たちと同じ五〇歳よ。五〇歳の記念として出場ってところまで、私たちと全く同じパターン」

思わず二人同時にプッと吹き出した。

「それでね、ユキナも大会を観に行くんだって」

「そりゃあ、行くでしょうね。母親が出場するんだから」

「私たちが美ボディ大会に出場すること、会社にバレるかもしれない」

「…そうね、バレるかもしれないね」

ほんの少し、沈黙が流れた。そのタイミングにロゼスパークリングのボトルがテーブルに運ばれ、話は一旦中断する。優しい桜色のボトルが目に入った途端、二人の表情が同時にほころんだ。

「まずは、乾杯しましょう」

スパークリング用のフルートグラスが二つ用意され、お互いのグラスに注ぎ合った。

「何かのお祝いみたいね」

「本当ね。何をお祝いしようかな…それじゃ、ユキナのお母さんに乾杯！」

「それ、いいわね。ライバル登場に乾杯！」

ロゼスパークリングを味わっていると、食事が次々と運ばれてテーブルの上は一気に賑やかになる。

「大会まで残り三ヶ月。そこに竹本ユキナの母が同じ大会に出場するという衝撃情報をキャッチ。いやぁ、世間は狭いわ。恐ろしいぐらい狭い」

和代は噛みしめるように語り出した。

「確かに、世間って狭いよね。竹本さんのお母さん、どんな感じの女性なんだろう。竹本って姓だろうし、どの人がお母さんかすぐに分かるね」

「ユキナのお母さんだし、何となく派手で迫力ありそう。勝手なイメージだけど」

「そうね。けど、何だか面白くなってきた。これぞ青春って感じがするじゃない」

希美子が嬉しそうに話すと、和代は驚いた様子で希美子の顔をじっと眺めた。

「何？　どうしたの？」

「いや、意外だなぁと思って…。会社に美ボディ大会のことがバレるかもしれないでしょ？　てっきり困った反応をすると思ってた。最初の頃、会社にバレると困るって言ってたから」

希美子は黙ったまま、ゆっくりとワインを口にした。和代はオーダーしたサラダを美味しそうに食べている。それを眺めながら、希美子はロゼスパークリングをじっくりと味わった。

「私ね、最初は美ボディ大会に出場するの、恥ずかしいと思ってた。けど大会に向けて頑張ってるうちに、全く恥ずかしいことじゃないんだって…途中から考えが変わったの。こんなに努力して頑張ってるのに、どうして恥ずかしいって思ってたんだろうって。だから今は会社にバレても全く気にならない。逆にバレたくないと思ってた自分が恥ずかしい」

希美子の言葉を聞き、和代の箸がピタッと止まった。

「希美子さん、変わったね。変わったというか…進化した。そう、変化じゃなくて進化！」

和代は箸を置き、希美子に向かって小さく拍手を送った。

「うん、そうよね。これまでの自分より、今の自分のほうがずっと好き」

「でしょ？　私も同じよ。今の自分のほうが好き」

和代は希美子のグラスにロゼスパークリングを注いだ。

「さぁ、もう一回乾杯しましょう。今の自分に乾杯！」

二回目の乾杯をした後、和代が一人でクスクスと笑いだした。

「あのね、ユキナが私に向かって〝マジでヤバイですよ〟って言ってきたから、また何か言ってくると思ってこっちも構えたのよ。そしたらヤバイぐらいキレイになったって」

和代は穏やかな表情で話を続けた。

「その時のユキナの目…一切の濁りが無かったの。この子って物凄くピュアな子なんだなぁって、何だか妙に可愛く見えたのよ。ユキナって空気が読めないでしょ？　言い方を変えると物凄くピュアで正直な子。出会う場所が違ってたら、もっと良い関係を築けてたんじゃないかなぁって…」

和代の話を聞きながら、希美子は同調するように頷いた。

「確かに言えてる。思ったことを何でも口に出すけど、全て本音で裏表が無い感じがするよね」

「でしょ？　本人の前で良いこと言っときながら、裏では全く逆のことを言ってる子、これまで何人も見てきたじゃない。そういう子に限って仕事で良いポジションをゲットできたりするのよ」

「いたいた、そういう子。ようするに要領がいいのよね」

「ユキナは本人を目の前に思ったことをそのまんま口に出してるから、そういうタイプで無いのは確かね。まぁ、良くも悪くも竹本ユキナは裏表が無いわ」

「そうね。竹本さん、私たちの間でこんなに話題の人になってるなんて思ってないよね」

「思ってないよ。そもそも私たちのことなんて全く頭の中に無いと思うよ」

二人同時に笑った。

「私たちがお母さんと同じダイアモンド杯に出場するって知ったら、びっくりするでしょうね」

「会社中に響き渡るぐらい大きな声で〝マジでヤバイですよ〟を連発するんじゃない？」

「どうするの？　竹本さんに言うの？　私はどっちでも構わないよ」

希美子の問いかけに対し、和代はしばらく黙って考えていた。

「別に言う必要ないんじゃない？」

「そうよね、わざわざ言う必要ないよね」

それから少しの間、二人の間に沈黙が流れた。それぞれが、これまでのことを思い出していた。

「つくづく色々あったよね。新しい制服の文句言って。そしたらユキナが私の制服姿を見てイタいって言って。そのユキナのお母さんと私が同じステージに立つ。何だか笑っちゃう」

「本当に凄い偶然よね。けど、これぞまさに青春って感じがしない？　青春といえばライバルの存在でしょ？　とうとうライバルの登場じゃない」

「ライバルの登場？　私から言わせればラスボスの登場よ」

ラスボスという言葉がツボにはまり、希美子はお腹を抱えてケタケタと笑い出した。

「どっちにしても楽しむことが基本中の基本だから、全部丸ごと楽しんじゃおう」

「そうよね。美咲も張り切ってるよ。メイク担当として責任重大とか言って」

美咲というフレーズを耳にし、和代の表情がほころぶ。

「顔の印象って審査に大きく影響すると思うの。だから美咲ちゃんは最後の頼みの綱よ」

「それ、伝えるわ。プレッシャーを感じちゃうかな？」

「美咲ちゃんにプレッシャー与えちゃえ！　とことん美人に仕上げろって！」

二人同時に笑い合い、二人同時に残ったロゼスパークリングをクイッと飲み干した。

十一．色・ホワイトブレンド

二月に入り、美ボディ大会まで残り二ヶ月となった。この日、美咲は朝から大忙しだ。和代が大江家に来て大会当日用のメイクをすることになっている。オーダーしていた大会用のコスチュームが届いたので、メイクが完成した後に衣装を着用して大会のリハーサルを行う予定なのだ。

メイク担当の美咲は、ステージではどんなメイクが映えるのかを雑誌やネットから情報を集めて自分なりに研究を重ねた。一般的なメイクとステージメイクでは、それぞれのポイントが大きく異なる。一般的なメイクは至近距離で美しく見えるかが重要だ。対するステージメイクは、遠距離で見た時に華やかに見えるかがポイントとなる。特に目の存在感をしっかり強調させる必要があると考え、自身の目を練習台に試行錯誤を繰り返した。もう一つ、忘れてならないのがヘアスタイルだ。華やかさを演出するには、メイクとヘアスタイルの両方を1セットで考えなければならない。希美子も和代も美ボディ大会のために、この一年は一度も髪の毛を切らずに伸ばし続けている。二人とも鎖骨あたりまで髪の毛が伸びているので、自分の地毛だけで自在にアレンジができる状態だ。

「お邪魔しまぁす。うわぁ、何か懐かしい感じがする。ここに来るのって何年ぶりだろう」

約束の時間の午前十時ぴったりに和代がやって来た。

「ケーキ買ってきたから冷蔵庫に入れといて。終わったら三人で食べましょうよ」

「わざわざありがとう。お昼も用意してるから食べていってね」

ぺちゃくちゃと話をしながらリビングに入る。メイク道具を並べて準備を整えていた美咲は、和代の姿を見て目を丸くした。ダイエットの途中過程を知らないだけに、かなり驚いた様子だ。

「カズちゃん？　うわぁ、痩せた！　凄いキレイになった！　五歳…いや十歳ぐらい若返った！」

「頑張ってますよ、筋トレもダイエットも。どうせだしマッチングアプリでも始めようかな」

リビングの中は女三人の笑い声で溢れかえる。

和代はオーダーしていたコスチュームとハイヒールをカバンから出して見せた。希美子は赤色、和代は青色。どちらもベルベッド素材で、その上にはスワロフスキーの石がたくさん散りばめてある。

「それではまず、衣装をお見せしますね」

「凄くキレイ…びっくりした…」

衣装を見た希美子はあまりの美しさに思わず息を呑んだ。自分のステージ衣装を作ったのは、人生で始めてのこと。感動のあまり、言葉が出てこない。

「ベルベッド素材にして正解だったよね。やっぱりベルベッドは高級感があるわ。それじゃ、まずメイクから始めましょうか。どっちから先に始める？」

相変わらず和代はさっぱりとした反応だ。

「二人同時にスタートします。二人並んでイスに座ってください。交互にメイクしていくから」

言われた通り、二人は並んでキッチンのイス座った。さっきまで笑顔だった美咲の顔が真剣な表情に一変する。メイクしやすくするために髪の毛を後ろに束ねた。まず最初にスキンケアから入る。肌を保湿して、しばらく時間を置く。それからベースメイクを化粧崩れしないように、丁寧に塗り重ねていく。顔に立体感を出すため、鼻筋にハイライトそして頬にチークを入れる。それからポイントとなるアイメイクに入った。それぞれの水着に合わせてアイシャドウの色を選ぶ。そして美咲が研究を重ねたアイラインに入った。希美子は可憐なたれ目風、和代はクールな切れ長、それぞれのイメージに合わせてアイラインを引く。次はつけまつ毛だ。やり方によってはバサバサと派手な印象になり、ギャルっぽくなってしまう。上品でエレガントな目元を作るために、部分的にまつ毛を重ねてボリュームアップさせた。続いてアイブロウ、大人の女性を意識して眉毛を整えた。最後はリップだが、とりあえずリップ下地だけ塗って衣装を着用した後に色を決めることにする。

ついにステージ用メイクが完成。美咲は出来上がった二人の顔をしばらく眺める。それからニヤッとした顔をして大きく頷いた。かなり自信ありげな表情だ。

「それじゃ、向かい合ってお互いの顔を見てください」

希美子と和代は向かい合った。そしてお互いにお互いの顔を見て目を丸くする。

「うわぁ、凄い。別人だわ」

「誰ですか？　て感じ」

二人の反応に美咲はお腹を抱えて笑った。二人に手鏡を渡し、それぞれ自分の顔を確認する。

「エーッ！　この人、誰？」

「うわっ、凄い！　自分のこんな顔、初めて見たわ」

これまで見たことのない新しい自分の顔に、驚きと感動でいっぱいの様子だ。

「美咲ちゃんにお願いして本当に良かったわ。自分じゃこんなメイクは絶対に出来ない」

美咲はさらにドヤ顔になる。

「次はヘアメイクです。並んで座ってください」

ヘアスタイルもそれぞれの雰囲気に合わせてアレンジを考えていた。希美子は顔まわりにカールでふんわり感を出して、華やかでエレガントなスタイルに。和代は髪を片側にざっくりと横流しして、クールかつセクシーなスタイルに。用意しておいたウィッグをトップにつけてボリューム感を出す。

「それじゃ、ご覧ください」

手鏡でそれぞれ自分の姿を眺めた。

「うわぁ、女優さんみたい」

「これで会社に行っても絶対に気づかれないわ」

メイクとヘアスタイル、どちらもパーフェクトな出来栄えだ。美咲はドヤ顔で例のクネクネ踊りを始めた。和代も負けじと美咲の横に立ち、一緒に腰と手首をクネクネさせながら踊り出した。

「それじゃ、次は衣装ね」

希美子は赤色、和代は青色、それぞれ衣装を着用。それからハイヒールを履き、美咲の前に立った。

「どうでしょうか?」

二人ともすっかり体型が変わっている。以前とは明らかに違う。さらにメイクとヘアスタイルを作り上げているので、もう完全に別の人間だ。

「二人とも、凄くキレイだよ」

美咲の目が潤んでいる。希美子がずっと真面目にトレーニングを続けてきたことを知っているだけに、その努力が見事に報われたことに感動したのだ。二人は一緒に水着でポージングを開始、クルリと優雅に美しくターン。リナ先生から学んだ立ち居振る舞いを美咲の前で披露した。

「お母さん、今までで…一番キレイだよ」

美咲は泣くのを我慢するのに必死だった。子供の頃、希美子を見るといつも遠慮がちでどこか寂しそうな表情に見えた。ファッションもメイクも常に大人しく地味。派手な色使いの姿を一度も見たことが無かった。もっとオシャレして冒険して、もっと自分を表に出せばいいのに…。いつも心の中でそう思っていた。しかし、そうさせているのは自分かもしれないと口に出せずにいた。今、目の前にいる希美子は、自信に満ち溢れている。これこそが、ずっと見たかった母親の姿だった。

「雑誌に載ってる人より二人の方が絶対にキレイだよ。本当に優勝するかもしれないね」

美咲の褒め言葉を耳にして、希美子はさらに自信がついた。

「最初はどうなるかと思ったけど、これならお互いに胸を張ってステージに立てそうね」

「それじゃ、そろそろ着替えましょうか」

「そうね、ケーキ買ってきたし、いただきましょう」

「軽くお昼の用意もしてあるから」

二人は着替えをすませて美咲はメイク道具を片付けた。それから昼食会のスタートだ。昼食は美咲がほとんど用意した。メニューはチキンの照り焼き、シーフードパスタ、それと豆腐の和風サラダ。和代のことを考えて、それぞれ大皿に盛り付けたビュッフェスタイルにした。

「うわぁ、美味しそう。いただきまぁす」

和代は三品全てをお皿にとり、豪快に頬張る。

「美味しい！　美咲ちゃんの料理上手は聞いてたけど、抜群に美味しいわ」

「ダイエットの方は大丈夫なの？」

心配そうに希美子が聞くと、和代は左手でオッケーサインを出した。

「今日はチートデーだから大丈夫なの。思いっきり堪能させていただきます」

「チートデー？」

「ダイエット中でも週に一回は好きなものを食べていい日を作るの。我慢が続くと切れ食いやリバウンドの原因になるから、定期的に好きなものを食べてストレスを溜めないダイエット法なのよ」

「なるほどね。確かに我慢が続くとリバウンドしやすいよね」

「そうなのよ。殆どストレスを感じずにダイエットを進められてるの。スタート時は五十八キロだったけど、今は五十キロ。目標体重は四十九キロだから、あともう少し」

希美子と美咲は和代に向かって拍手を送った。

「カズちゃん、痩せてめちゃくちゃキレイになったよ。お母さんも痩せたよね？　顔が小さくなって前より顎が尖がってる」

「筋トレの効果で自然に二キロぐらい落ちた」

美咲はふてくされた表情で二人を見る。

「二人とも痩せてキレイになって、その上ステージメイクまでしてるし、私一人だけが地味な感じがしてイヤだな。まるで大女優二人にこき使われてるマネージャーみたいだよ」

笑いの耐えない昼食会が終わり、リビングへ移動。和代が持ってきたお土産のケーキをいただきながら、おしゃべりの時間が始まった。

「カズちゃん、こんなに痩せたのに美味しそうにケーキ食べてるんだもん、不思議だよ」

「確かにそうよね。今は食べながら痩せるダイエットが主流みたいよ。ストレスを溜めずに上手く賢くダイエットするんだって、涼くんが言ってた」

「その方が健康的だよね。私もやってみようかな、チートデーダイエット」

「美咲ちゃんの場合、毎日がチートデーになったりして」

希美子は二人のやり取りを見て、つくづく良いコンビだなぁと思った。

「それにしても涼くんって本当にしっかりしてるよね。パーソナルを受けるたびにそう思うわ。物知りで会話も楽しいし。私が筋トレを続けられるのは涼くんの人柄もあると思う」

甥っ子が褒められて、和代は誇らしげな顔をする。

「昔ね、涼くんが十歳の頃なんだけどね、二人で富士急ハイランドに旅行したことがあるのよ。涼くんがドドンパって絶叫マシンに乗りたいって言うから、私が連れて行ってあげたのね。凄く楽しみにしてたのに、いざ乗ってみたら思った以上に怖かったみたいで、それから絶叫マシンが苦手になっちゃってね。かなりビビッてたし、本人にとっては苦い思い出になってるかもしれないわ」

「えーっ、今の涼くんからは全く想像できないわ。落ち着いてて一緒にいるとホッとするし」

和代は少しだけ無言になる。それからゆっくりとした口調で話し始めた。

「私もね、パーソナルを受けるようになって、改めて涼くんって変わったんだなって実感してるの。時々会ってはいたけど、どうしても十歳の頃のイメージが強くてね。まだまだ子供だって勝手にそう思い込んでたのよね。そしたら全然違ってて、すっかり良い大人になってるんだもん。そりゃそうよね、あれから二十年以上経ってるんだから、変わってて当然だ」

和代の話に耳を傾けながら、希美子は何度も小さく頷いた。

「二十年も経てば昔と変わってるよ。変わって当然よ。ね？　美咲ちゃんもそう思うでしょ？」

「その通りだと思う。時間が経つと、人は変わるんだよ」

美咲はニッコリと笑って、大きく頷いた。

「それじゃ、そろそろ帰ります。明日はお互いにパーソナルだしね」

「そうよね。衣装もメイクも完璧だし、いよいよラストスパートね」

希美子が笑顔で見送ると、和代は美咲のほうをチラッと見て軽く目で合図を送った。

その日の夜、美咲は自分の部屋でしばらくメイクの動画を見ながら研究していた。今日のメイクの出来栄えを見て、さらにメイクアップに興味がわいてきたのだ。夜十時を過ぎた時、美咲はこっそりと部屋を出て足音を立てないように希美子の部屋をそっと覗いた。希美子は土曜日の夜は翌日のパーソナルに備えていつも早めに就寝する。希美子が完全に寝ていることを確認すると、また足音を立てないように自分の部屋に戻った。それからスマホを手に持ち、声がもれないように上から布団をかぶって電話をかけた。三コールして、相手が出た。美咲は小声で話し始める。

「もしもし、お父さん？　うん、美咲だよ。今日ね、カズちゃんが家にきたの」

十二．約束の橋

四月初めの日曜日、希美子はブライトボディに向かった。涼のパーソナルを受けるのはこの日が最後だ。今年出場して、それで美ボディ大会に区切りをつける。はじめからそう決めていた。

最寄駅に到着し、駅構内をグルッと眺める。最初は馴染みの無い景色だった。今では何度も通いつめた馴染み深い景色だ。この駅を見るたびに、美ボディ大会出場に向けて一心不乱に突っ走った自分を思い出すだろう。涼のジムに通い、色々なことを教わった。筋トレによって心も身体も鍛えられ、日に日に自分の成長を肌で感じられた。学生の頃、もしも部活に熱中していたら、こんな感じだったのかもしれない。様々な思いを胸に、希美子は最後のレッスンを完遂した。

「この一年間、必要なこと全てを全力でやり遂げました。肩の筋肉にも丸みが出て、上下のバランスも整いましたね。残り一週間、ポージングとステージングをより極めていきましょう」

涼からの、これが最後のアドバイスだ。

「本当によく頑張りましたよ。自分を信じて、自信を持ってステージに立ってくださいね」

この人が自分のコーチで本当に良かった。そう思うと希美子の目から涙が溢れてきた。

「はい、自信を持ってステージに立ちます。約束します」

午後は和代がブライトボディに向かった。さらにダイエットが進み、目標の四十九キロに到達。四十キロ台の数字を見たのは二十代の頃以来だ。筋トレが終わり、それからポージングの練習に入る。和代の身体を見る涼の目は、真剣そのものだ。全身の脂肪が薄くなり、筋肉のメリハリがはっきりと表れだした。身体が美しくシェイプされている。

「和代姉ちゃん、本当によく頑張ったね。五位以内は十分狙えると思うよ。あと一キロ落としたら、さらに上位を狙えるんじゃないかな。残り一週間、ラストスパート頑張ろうぜ」

「任せてよ！　一度腹をくくった女は強いんです。いざ、出陣じゃ！」

「一番最初、ここに来た時も同じこと言ってたよ」

妙におかしくなって、二人一緒にケタケタと笑った。父の七回忌で久しぶりに再会したのを機に、美ボディ大会出場を決めた。それから一年が経ち、美ボディ大会はすぐ目の前だ。

「父さんの七回忌…あれが始まり。あの時、涼くんが美ボディ大会のことを教えてくれたから」

「そうだったよね。爺ちゃんの七回忌が始まりだったね」

「そう…あれが全ての始まりだった。人生って何が起こるか分からないわね」

和代と涼は一年前のあの日を思い出し、感慨深い気持ちになる。

ジムを後にした和代は、車を走らせながら一年前のあの日の出来事を思い出していた。一年前の三月最終金曜日。夜八時過ぎに和代のスマホが鳴った。

「お久しぶりです…美咲です。大江美咲です。カズちゃん、元気？」

「美咲ちゃん？　うん、元気よ。珍しいね、どうしたの？」

ちょっとした間があった。美咲から電話がかかってきたのはこれが初めてのこと。

「あのね…アンパンマンのぬいぐるみを見たらカズちゃんに電話したくなったの」

「何それ、私がアンパンマンに似てるって言いたいの？」

冗談交じりに言ったのだが、美咲の反応は無い。何やら、ただならぬ雰囲気を感じる。

「久しぶりに美咲ちゃんと話がしたいなぁ。明日は会社休みだけど、美咲ちゃん時間ある？」

「明日は遅番だから午前中は空いてます。私もカズちゃんと話がしたくて電話したんです」

「分かった。そしたらうちに来る？」

和代は自宅のマンションの場所を説明した。

「それとね…このこと、お母さんには内緒にして欲しいの」

「分かった、内緒にする。約束する。それじゃ明日ね」

翌朝の十時に美咲がやって来た。

「久しぶりだね。マンション、すぐ分かった？」

「うん、すぐに分かったよ。ごめんね、せっかくの休みなのに」

「何を遠慮がちなこと言ってんのよ。さぁ、入って入って」

美咲をソファに誘導し、和代は紅茶を入れてクッキーと一緒にテーブルに並べた。

「あっ、これも。一緒に食べようと思って持ってきた」

美咲は手作りのスイートポテトをお土産に渡してきた。

「うわぁ、美味しそう。美咲ちゃんの料理上手はいつもお母さんから聞いてるよ。美味しそうだけど、さらに太って本当にアンパンマンになったりして」

和代がジョークを飛ばしたが、美咲の顔から笑みが見られない。

「で？　どうしたの？　安心して話していいよ。絶対に内緒にするから」

つかの間の沈黙が流れた。やがて、美咲はゆっくりと和代の顔を眺めた。

「私ね、お母さんに内緒でお父さんと会ってるの」

再び沈黙が流れた。やがて和代はゆっくりと美咲の顔を眺めた。

「何となく、そんな話じゃないかなって気がしてた。私に連絡するぐらいだから、よっぽどのことがあるんだろうなって。お父さんとはいつから会ってるの？」

「半年ぐらい…前かな」

「どっちから会おうってなったの？」

美咲は言いにくそうにしている。

「娘なんだから、父親に会いたくなるのは当然だと思うよ」

美咲はしばらく黙っていたが、ゆっくりと語り始めた。

「偶然、お父さんのインスタを見つけたの。お父さんね、昔に組んでたバンドを再結成させたの。ファルコンって言うんだけど、お父さんの名前でネット検索したらファルコンのインスタがヒットしたの。お父さんの画像が載ってて、見たらどうしても連絡が取りたくなって…。それでお母さんに内緒でお父さんにメッセージを送ったんだよね」

「そっか。お母さんには言いにくかったんだね」

「…うん。そしたらすぐに返事が来て、お父さんの方から会わないか？　って」

「それで会うことになったんだ」

美咲は下を向いたまま、小さく頷いた。

「どんな人だった？」

「優しくて穏やかで、思ってたのと全然違ってた」

「そっか。お父さんと会えて良かったね」

和代の反応を見て安堵したのか、ようやく美咲の表情が明るくなってきた。

「会社に勤めながらバンド活動してるんだって。お母さんと仲良くしてるのか？　て聞かれたから仲良くしてるよって答えたの。お母さんは元気にしてるのか？　て聞かれたから、元気だよって答えた。お母さんのことばかり聞いてきて、凄く気にかけてる感じだった」

和代は何も言わず、美咲の話に耳を傾けることにした。

「お父さんと何回か会って色々話して思ったんだけど、お父さんはお母さんに会いたがってるんじゃないかなって。お母さんの話をする時のお父さんを見てると、そんな気がするんだよね」

和代はあえて無反応の姿勢を貫くことにする。

「カズちゃんに聞きたいんだけど、お母さんってこれまでに彼氏とか出来たことないの？　会社に好きな人とかいなかったのかなって。カズちゃんとは付き合い長いし、知ってるかなって思って」

少し間を開けて、それから穏やかに美咲の方を向き直した。

「美咲ちゃん、二十四歳だもんね。もう立派な大人だ。うん、分かりました。私が知ってる希美子さんの華麗なる男性遍歴を全て話しましょう」

和代はスッと背筋を伸ばし、姿勢を正した。美咲は緊張した面持ちで唾をゴクリと飲み込む。

「これまで三人ぐらい希美子さんに男の人を紹介しようとしたけど、全く興味無し。紹介とか苦手だからって、あっさり断りました。それと十年ぐらい前かな、社内で希美子さんに好意を寄せた人がいて、猛烈にアピールしたけど全く相手にしてなかった。希美子さんはこの二十年間、色気のイの字もない生活を送っています。以上が希美子さんの華麗なる男性遍歴です」

「やっぱりね、そうだと思った」

美咲はどこかホッとした様子だ。

「希美子さんは美咲ちゃんだけ。昔も今も美咲ちゃんがトップ・オブ・ザ・トップです」

「うん、分かってる。それが分かるから、何だかお母さんが心配なの。お母さんって、お父さんについて何かカズちゃんに話したことある？」

「うん、何回か話は聞いたよ。高校の同級生で、バンド活動してる人だって言ってけど」

「他には？　お父さんのこと悪く言ってた？」

「悪くは言ってなかったよ。一回ね、ワイン飲みながらお父さんの話をしたことがあったんだけどね。高校の文化祭のときに、自分の目の前でギターの速弾きをして、それからファンになったって。美咲ちゃんを授かったときは凄く嬉しかったって」

「他には？」

「そうねぇ、結婚してからギクシャクするようになったって言ってたかな」

美咲は少しの間、何かを考え込む表情をした。

「あのね、どうしても気になることがあって…。お母さんから聞いた話とお父さんから聞いた話には食い違いがあるんだよね。お母さんはお父さんの方から離婚を切り出したって言ってるの。それなのにお父さんはお母さんから離婚を切り出したって…」

希美子の話によると、昭次が家を出た後、しばらくして昭次の母親が希美子の家に来た。昭次は離婚を強く望んでいるといって、昭次の署名と押印が入った離婚届を希美子に渡してきた。美咲が十八歳になるまで養育費として毎月五万円を振り込むので、この場で離婚届にサインをしてこの件は終わりにして欲しいと言われたとのこと。一方の昭次の話によると、昭次が家を出た後、希美子が昭次の実家に来て母親と話しをした。すぐに離婚したいから、署名と押印入りの離婚届を昭次の代わりにお母さんが届けて欲しい。それと美咲が十八歳になるまで養育費として毎月五万円を振り込んで欲しい。自分と娘の今後のために、この件はこれで全て終わりにしたいと言われたとのこと。

「お母さんは、いつかお父さんは家に戻ってくると思ったたって。お父さんもしばらくしたら家に戻るつもりだったたって。だけど早く離婚したがってるからそうしたって。これってどう思う？」

一気に様々な情報が入り、和代は混乱した。頭の中を整理する必要がある。

「確かに物凄く複雑だね。その話だと、どちらかが嘘をついてることになる。もし二人とも嘘をついてないとすれば、昭次さんのお母さんが二人を離婚させるために自作自演した可能性がある。これはあくまでも私個人の推測だけどね」

とてもデリケートな内容なだけに、和代は慎重に言葉を選んだ。

「昭次さんのお母さんって、今も健在なの？」

「それが、二年前に亡くなったんだって」

和代は何も言わず、しばらく色々なことを考えた。

「二人の話に食い違いがあるって、お父さんに言った？」

「言ってないよ。言っちゃいけない気がして…」

「そうね、言わなくて正解よ」

美咲は困惑した顔で和代を見た。

「昔、私も一緒に会社の社員旅行に行ったの、覚えてる？」

「もちろん覚えてるよ。美咲ちゃん、まだ小さかったよね。まだ6歳だったんじゃないかな」

「そう。あの時ね、カズちゃんが私にアンパンマンのぬいぐるみをくれたの。覚えてる？」

「そうだっけ？　そう言われたら、そんな事があったような…。ぬいぐるみをプレゼントしたのは覚えてるけど、アンパンマンだった？」

美咲はカバンの中から写真とアンパンマンのぬいぐるみを出した。美咲の目は少し潤んでいる。

「これがそうだよ、今も大事に持ってる」

「エーッ？　今も持ってくれてたの？　うわぁ、何か感動したぁ。ありがとう」

「何か困ったことがあったら、カズちゃんがアンパンマンになって助けに行くからねって、そう言ってくれたの。あの時の光景、今でもハッキリ覚えてる。だからカズちゃんに電話しちゃった」

今度は和代の目が潤み、同時に大きな責任感が芽生えた。美咲は手に持っていた写真を見せてきた。

「これ、若い頃のお父さんとお母さんだよ」

ギターを担ぎ、尖った感じの表情でキメポーズをする男性。その隣には、真っ赤のジャンプスーツとハイヒール、メッシュの入ったヘアスタイルにバッチリメイクでキメポーズをする女性。いかにもミュージシャンとその彼女といった雰囲気だ。

「この人、希美子さん？　嘘でしょ！　今と全く違うじゃない。別人じゃないの？」

「ビックリでしょ？　正真正銘の希美子さんです」

大目玉の和代の顔を見た美咲は、お腹を抱えて大笑いした。

「お母さんが言ってた。若い頃は派手にしすぎたって。それでお父さんのお母さんから嫌われてたって。だから早く離婚させたかったんじゃないかって」

他にも写真が数枚あったが、どれも今の希美子からは想像できない姿をしていた。昭次と二人で写ったもの、バンドのメンバー全員と写ったもの、どの希美子も天真爛漫で楽しそうに笑っている。

「お母さん、とっても良い笑顔ね。青春そのものって感じで素敵な写真ばっかりだ」

「私もそう思う。赤がすごく似合ってるよね。もっと華やかな服を選べばいいのに、今は地味な色ばっかり選んで。派手な服は着ようとしないんだよね」

美咲はスマホを取り出し、昭次のバンド『ファルコン』のインスタを開いて見せてきた。

「これがお父さんです」

昭次の画像を見ると、目元が美咲とそっくりだった。学生の頃よりも顔がふっくらしている。ふっくらした分、温厚そうに見える。

「美咲ちゃん、完全にお父さん似だね」

「そうでしょ。最初にインスタを見たとき、自分でもそう思った」

随分前になるが、レトロ本舗の中で希美子は昭次について色々な話をした。〝昭次の一番のファンは私〟が自分の口癖だったこと。それなのに自分が昭次からギターを奪ってしまったこと。昭次の心が自分から離れたのは自業自得だと思うなど、言葉の殆どが懺悔に近いものばかりだった。

「これは私の勝手な推測なんだけどね。希美子さんと昭次さんは誤解が重なって離婚に至った可能性があるよね。そのことがトラウマになって、希美子さんの性格が変わってしまった」

「私もそう思う！」

「昭次さんとの離婚が原因で、自分に自信を無くしてしまったのかもしれない」

「その通りだと思う！」

「昭次さんと美咲ちゃんが自分に内緒で会ってることを知ったら、希美子さんはどう思うだろう。

もしかしたら、新たな誤解を招いて深く傷つくかもしれない」

和代の言葉を聞いた途端、美咲の目からボロボロと涙が溢れ出した。

「それだけはイヤ！　お母さん、一人でずっと頑張ってきたのに…絶対に傷つけたくない！」

「わかった、わかった！　変なこと言っちゃってゴメン。希美子さんはそんな弱い女じゃないから大丈夫よ。ゴメン、ゴメン」

和代は大慌てで発言を撤回した。

「明日の日曜日、お父さんと会う約束をしてるんだけど…。カズちゃん、一緒に来てくれない？　カズちゃんが間に入ってくれたら凄く助かるの。お父さんと会って、話をしてくれない？」

確かに第三者が間に入ることで、双方が感情的になりにくくなる。その方が穏便に話が進むだろう。

「分かった。お父さんと会って話をしてみる。けどね、明日は無理だわ。実家で法要があるの。父親の七回忌で色々と準備があるのよ。ごめんね」

「そんな大事な日にこんなお願いしちゃって、こっちこそごめんね」

美咲は両手を合わせ、申し訳なさそうに謝った。

「次の土曜日だったら大丈夫よ。どうかな？」

「いいの？　お父さんに聞いてみる。私は仕事が早番だから夕方六時以降だったら大丈夫」

「それまで時間があるから、私も色々と考えてみるね。どうすればいいか一緒に考えよう」

「ありがとう！　カズちゃんに連絡して良かったよ。元気百倍になった」

「頼りないけど、アンパンマンなりに頑張ります」

午後から出勤の美咲はマンションを後にした。美咲が帰った後、和代はしばらく呆然とする。自分の知らない、もう一人の希美子。希美子という女性について、和代なりに分析することにした。

今は消極的だが、昔は積極的だった。今は地味好みだが、昔は派手好みだった。今は臆病だが、昔は大胆だった。自分の知っている希美子と自分の知らない希美子、どちらも本当の希美子。

離婚に至る食い違いも気になる。昭次のお母さんによる自作自演だとして、双方がそのことを知らずに現在に至っているとしたら…。さらに美咲は希美子に内緒で昭次と会っている。事態はとても複雑だ。頭の中が整理できないまま、和代は父の七回忌へ向かった。そして涼と久しぶりに再会し、美ボディ大会のことを知る。

「出場した人全員が口を揃えて『人生観が大きく変わった』って言ってるよ」

涼から発せられた言葉に、和代は何かを悟った気がした。

「来年五〇歳になるの。五〇歳の記念に何かしたいなぁって考えてたのよ。この美ボディ大会は何かビビビッときたわ」

ビビビッときた和代は、一年がかりの厳密な計画を立てることにした。

十三．未来予想図ii

一年前の四月最初の土曜日。この日、和代は初めて昭次と会った。美咲から「夕方六時に集合して三人で夕食を食べよう」と言われたが、和代は丁寧に断りを入れた。希美子の知らないところで夕食を共にすることは出来ないと思ったからだ。各自で夕食をすませた後、ホテルの喫茶店で夜八時に集合することにした。

「はじめまして。美咲がお世話になっています。お忙しいところ、お時間を作っていただきありがとうございます」

昭次はカジュアルなスーツ姿で現れた。インスタの画像よりも、より温厚な印象を受ける。

「はじめまして。希美子さんと親しくさせてもらっています、水瀬です」

とりあえず名刺交換からスタート。

「カズちゃん、ごめんね、ややこしい事に巻き込んじゃって」

美咲がそう言うと、昭次も恐縮しながら頭を下げた。

「いえいえ、どこの家庭も色々とありますよ。五十にもなれば、皆それなりに叩けばホコリが出ますから。私なんて叩いたらホコリだらけで前が見えませんからね」

和代のジョークを聞いて美咲はケタケタと笑い、昭次もホッとした表情になる。和代の気の効いた言葉により、一気に場が和んだ。

「美咲ちゃんから話を聞きました。かなり複雑な事情があったようですね」

「無責任で申し訳無いことをしたと思っています。美咲をこんなに立派に育ててくれて、希美子にはただただ感謝しかないです」

美咲は父親の話に耳を傾け、無言で下を向いた。今は余計なことを言うべきではないといった顔だ。

「私も偉そうなことを言える人間じゃないですが、ここ数日間、色々と私なりに考えました。第三者として思ったことを率直にお伝えしてもいいですか？」

昭次と美咲は揃って和代の方を見た。三人の間にピリッとした空気が流れる。

「本当に昭次さんと美咲ちゃんは目元がそっくりね。やっぱり親子だ」

和代が笑いながら言うと、また一気に場が和んだ。

「まず希美子さんについてですが、会社での仕事ぶりはとても真面目で有能で、周囲からも高く評価されています。美咲ちゃんがまだ小さかった時期は、仕事と子育ての両立で苦労も多かったはずです。同じ女性として、希美子さんのことをとても尊敬しています」

昭次と美咲はゆっくりと首を縦に振りながら何度も頷いた。

「入社した頃の希美子さんは全く余裕が感じられませんでした。自分のことより美咲ちゃんのことを最優先に考えて、美咲ちゃんのためにひたすら頑張ってる感じでしたから。けど、今の希美子さんからは余裕が感じられます。美咲ちゃんが成長して社会人になって、母親としての役割を無事に果たせたという安心感があるんじゃないかな」

昭次と美咲はお互いの目を見合わせて、嬉しそうに笑った。

「希美子さんから聞いた話によると、昭次さんがいきなり家を出て行ってそれっきり一度も会っていないそうですが…」

昭次は少しの間、黙っていた。それから一呼吸おいて、ゆっくりと話し始めた。

「自分が二十八歳の時、バンド仲間から連絡が入って久しぶりにライブをやらないかと誘われたんです。しばらくライブから離れていたのですが、誘われた瞬間、また音楽をやりたい衝動にかられました。希美子に内緒でギターの練習をして、ライブに出演したんです。ライブが終わってすぐに音楽業界の人からプロとしてやってみないかと声をかけられました。プロになったら音楽で生計が立てられる、そう思うと完全に頭が舞い上がってしまって…。二十八歳でしたし、これがプロになれるラストチャンスだ、何が何でもこのチャンスは逃したくないと、そう思いました。けど希美子に言うと反対されるのは目に見えていました。だから何も言わず、出て行きました。音楽で食っていける目処がついたら、家に戻って全て説明しようと思っていたんです」

美咲は興味深そうに話を聞いている。恐らく、初めて聞く話なのだろう。

「それで、家を出てからは…どうでしたか？」

昭次はまた一呼吸おき、再びゆっくりと話し始めた。

「プロの洗礼を受けました。ギターの上手い人は何人も見てきましたが、プロの世界には音楽の天才しかいませんでした。プロとアマの違いをはっきり見せ付けられて、ここに自分の居場所は無いと分かりました。音楽が好きという気持ちだけでは、音楽で食っていけないんだと、ようやく現実が見えました。そこから急に目が覚めて、別の仕事を探しました。今でもギターは好きで弾いてますけどね。昔も今もギター馬鹿なもので…情けないというか、お恥ずかしい話です」

和代は黙ったまま、穏やかな表情で昭次の話を傾聴した。

「希美子が自分と美咲の将来のためにも離婚して全て終わりにしたいと言っていると母から聞いた時、当然だと思いました。美咲がまだ三歳のときに何も言わずに家を出たのですから当然です。何かを言える立場じゃありません。全て自業自得だと思っています」

昭次の話が終わると、三人の間にしばらく沈黙が流れた。

「この間、美咲ちゃんから昭次さんと希美子さんの昔の写真を見せてもらったんです。ギターを担いた昭次さんと全身赤で統一した希美子さんのツーショット。あれを見た時、凄くカッコよくて素敵な写真だなって思いました。私の学生時代ってずっと部活ばっかりで、他にこれと言った思い出が見当たらないんですよね。だからお二人の写真を見た時、私もこんな青春時代を送りたかったなって心からそう思いました。正直、羨ましかったです」

昭次は少し照れ臭そうに笑った。

「問題は美咲ちゃんが内緒で昭次さんと会ってることを希美子さんにどう説明すればいいのか、ですよね？」

二人は黙ったまま同時に頷く。

「それについて色々と私なりに考えたんですが、良い答えは見つかりませんでした」

がっかりした様子で美咲は肩を落とす。

「三人とも希美子さんのことが好きで、希美子さんの幸せを願っているのは確か。だったら、希美子さんを思いっきり楽しく幸せにすることだけを考えましょうよ。三人で力を合わせて！」

そう言うと、和代はカバンからフィットネスの専門誌を取り出した。

「美ボディ大会ってご存知ですか？」

昭次と美咲は雑誌に目を向けた。筋肉が強調された表紙の写真を見て、二人とも前のめりになる。

「何となくですが、聞いたことはあります」

「私も知ってる。メディアでもよく扱われてるよね？」

「笑わないでくださいね。来年の春、これに出場しようと思うんです。希美子さんと一緒に」

二人はキョトンとした表情で和代を見た。

「来年、希美子さんも私も五〇歳になるんです。一緒に良い思い出を作りたいと思ったんです」

「カズちゃんは似合うと思うよ。けどなぁ、お母さんは無理っぽいなぁ。お母さんが水着で人前に立つなんて絶対にありえないよ。そもそも、そんなキャラじゃないし…」

「そうかなぁ。それは美咲ちゃん次第だと思うよ」

難色を示した美咲だったが、今度は不思議そうな顔をした。

「美咲ちゃんが応援するなら希美子さんは出場すると思う。希美子さんってね、美咲ちゃんが思うよりも、ずっと肝が据わってて度胸があるよ」

すると昭次が笑顔で美咲の方を見た。

「確かにその通り。お母さんは昔から肝が据わってたし度胸もあった」

希美子の話題で、初めて三人の中に笑いが生まれた。

「美ボディ大会に一緒に出場しようって私から誘うから、お母さんからそのことを相談されたら出場するように言って欲しいの」

「うん、分かった！　全力で応援するって言うよ」

「いや、そこはサラッとした感じで言った方がいいと思う。プレッシャーに感じたら出場しにくくなりそうだし」

「なるほど。確かにそうだよね。カズちゃん、さすがお母さんのこと分かってるね」

美咲はふむふむと頷く。

「次は昭次さんにお願いしたいことがあります」

昭次はちょっと驚いた様子で和代を見た。

「何でしょう。自分に出来ることがあれば、何でもやります」

「希美子さんから聞いたんですけど、高校の文化祭のステージで昭次さんが希美子さんの目の前に走り寄って、いきなりギターの速弾きを披露したって。それで一目ぼれしたって凄く嬉しそうに話してました」

「あぁ、そんなことがありましたね。高校の頃だから、大昔の話ですよ」

和代は一呼吸おいて、真剣な表情で昭次の方を見た。

「そのシーン、もう一度再現してくれませんか？　ステージで昭次さんが希美子さんの前に走り寄って、希美子さんのためにギターの速弾きをしてくれませんか？　私もそのシーンは是非とも見たいので、希美子さんの隣に美咲ちゃんと一緒に座ります」

二人はキョトンとした表情で和代を見た。それから美咲はパッと何かをひらめいた顔になった。

「それ、いいね！　そんな感じで再会した方が、お母さんも絶対に喜ぶよ。かしこまって会うよりも、そっちの方が絶対にイイよ！」

昭次はしばらく考え込み、それから深く頷いた。

「分かりました。バンドのメンバーは高校の同級生で、全員が希美子のことを知っています。和代さんの案を伝えたら、全面的に協力してくれるはずです。いつにすればいいですか？　とりあえずライブの会場を押える必要があるので」

和代はまた一呼吸おいた。

「日程はまだ分かりませんが、とりあえず今から一年後です。来年出場予定の美ボディ大会当日の夜、希美子さんと一緒に昭次さんのライブ会場に行こうと思います。だから大会と同じ日にライブ会場を押さえて欲しいんです」

美咲の目がキラキラと輝きを放つ。

「うわぁ、何か凄いことになってきた！　皆で青春に逆戻りだ！」

そう言うと、手首をクネクネさせて踊り出した。

「皆で力を合わせて、希美子さんを楽しませてあげましょうよ。その日に向かって、全員が全力で頑張りましょうよ。思いっきり皆で青春しましょうよ」

その瞬間、三人の間に強い連帯感が生まれた。

「分かりました。一年もあるなら会場は確実に押えられます。日程が決まったら早めに美咲に伝えてください。バンドのメンバーも希美子のことを心配していますし、久しぶりに会えるなら全員とても喜びますよ」

「私は何をしたらいい？　私に出来ることがあれば、何でもやるから言ってね」

「美咲ちゃんの助けもたくさん必要だから、希美子さんにその都度伝えるのでよろしくね」

「はい。了解しました！」

こうして三人の密会は幕を下ろす。この日から、一年がかりの厳密な計画が動き始めたのだ。

十四．ダイアモンド

美ボディ大会当日。この一年間、大会出場に向けて無我夢中に突っ走ってきた。そしてついに、この日この時を迎えた。希美子・和代・美咲、それぞれ朝から大忙しだ。大会要項には午前九時までに集合するようにと書いてある。それまでにやるべきことが山ほどあるのだ。手際よく進めるために、それぞれ役割分担を決めた。和代は会場までの送迎担当、希美子はお弁当担当、美咲は二人のメイクとヘアの担当。和代は早朝に家を出て、車で大江家に向かった。希美子は朝から三人分のお弁当作りに勤しんでいる。美咲はメイクアップとヘアスタイリングの準備に忙しい。

「おはようございます。準備のほどはいかがですか？」

和代が大江家に到着すると、希美子も美咲も和代の姿を見て驚いた。元々五十八キロあった和代の体重は、合計十キロの減量に成功して四十八キロに仕上がったのだ。

「また痩せた？　完全に別人みたいになってるよ」

「気合い入れて頑張りましたよ。美咲ちゃん、絶世の美女にしてね」

早速、美咲は二人のメイクとヘアスタイリングにとりかかった。事前に練習したことで、それぞれの顔や髪の特徴を把握できている。前回よりもさらに華やかに仕上げるために、アイメイクのラインを太く強調させ、ヘアスタイルもウェーブをふんだんに作ってゴージャス感をプラスさせた。この一工夫を加えたことで、二人とも前回を上回る別人級美人に変貌を遂げる。

「メイクとヘアだけだったら、二人とも優勝だね」

万全の仕上がりに、美咲は大満足の様子だ。メイクとヘア、それからお弁当、全ての準備が整った。

「いざ、出陣じゃ！」

和代が気合いの一声をあげて、三人揃って会場へ向かった。

八時四十五分、予定通り会場に到着。集合時間の十五分前に到着し、三人ともひとまず安堵する。会場付近のコインパーキングに車を停めると、そこから歩いて会場へ向かった。集合場所に行くと、すでに大勢の出場者達が待機していた。鍛えられた筋肉とステージメイクで華やかに着飾った女性の集団は、遠目からでも一種異様な光景に見える。この集団の中に自分が混ざったら、絶対に見劣りするに違いない…希美子は急に弱気になった。

「お母さんとカズちゃんが一番キレイだからね。大丈夫！」

希美子の気持ちを察してか、勇気づけるように美咲が声をかけてきた。

「美咲ちゃんが作ってくれた新しい顔なんだから、もっと自分に自信を持たないとダメよ。リナ先生が言ったでしょ。笑顔には人生を大きく変えるほどのパワーがあるって」

そう言うと、和代は口角をキュッと上げてステージ用の笑顔を希美子に見せた。

「そうよね、ここで自信を無くしたら、何のために練習して頑張ってきたのか分からないよね」

自分に言い聞かせながら、希美子は背筋をピンッと伸ばした。

九時ぴったりに大会の関係者が集合場所に現れ、出場者全員に緊張感が走る。選手全員に出場者リストと進行表が配られた。和代は五番、希美子は十二番だ。

「ねぇ、四番の人。竹本って…この人がお母さんかな？」

「多分そうね。他に竹本はいないし…この人がそうよ」

小声でユキナの母親をチェックした。

「それではこれから中に入っていただきます。カテゴリーごとに控え室を分けていますので、自分のカテゴリーの控え室に入ってください」

いよいよ大会のスタートだ。

「それじゃ、二人とも頑張ってね。思いっきり応援するからね」

美咲は二人に手を振ると、観客席の方に向かった。

「さぁて、行きますか。いざ、出陣じゃ！」

和代は颯爽とした表情で中に入っていった。置いていかれないように、希美子も慌てて中に入る。

「とりあえず、ここまで来たら安心ね」

「そうよね。無事にここまで来れてよかった」

出場者たちが続々と控え室に入ってきた。今日、同じステージに立つライバル達だ。

「お久しぶりです。また会えましたね。元気でしたか？」

「出場者リストに名前が載ってたから、今日会えるのを楽しみにしてたんですよ」

控え室の中は、再会を称えあう声で溢れていた。

美ボディ大会は連続して出場する人が多いと涼が言っていた。出場者たちは自然と顔なじみになるのだろう。同じ目標に向かう同志的存在だ。

「進行表によると、私たちの出番は十一時十五分頃ね」

進行表にはスケジュールが分刻みに記載してあった。一次審査は十一時十五分から開始予定だ。

二人のクラスの出場者は合計十六名だが、その中の十名が一次審査通過となる。お昼休憩を挟んだ後、午後二時四十分から通過した十名で二次審査が行われる。そこでさらに五名まで絞られ、午後五時二十分から最終審査が行われる。

時計を見ると、いつの間にか十時半になっていた。二人は急いで水着に着替えると、メイクとヘアスタイルの最終調整に入った。恐ろしいほどの速さで時間が流れていく。希美子は緊張のあまり、メイクを直そうとしても手が震えて上手く出来ない。和代は希美子の肩にそっと手を置いた。

「リナ先生からのアドバイス、覚えてる？　緊張してるけど、緊張してないふりをすればいいって。希美子さんも緊張してない演技をしてみてくださいってリナ先生が言ってたじゃない」

その通りだ。リナ先生からもたくさんの事を教えてもらった。今日はここで全てを出し切りたい。

「ステージではとことん女優になりなさいって言ってたでしょ？　ここまで来たんだから、二人でとことん女優になりましょうよ」

和代の言葉を聞いて、希美子は良い意味で開き直れた。

「そうね！　二人でとことん女優になりましょう！」

和代に答えるように、希美子は大きくガッツポーズをした。

「出番十五分前です。出場者の皆さんは舞台袖に移動してください」

二人は舞台袖に移動し、それから筋肉に張りを出すためにパンプアップを開始。特に希美子は肩幅が狭いので、出番ギリギリまで腕立て伏せをやり込んで肩の筋肉の張りを出すように涼から指示されている。二人とも、ひたすら腕立て伏せをやり込む。厳しく険しい表情の二人。最初は膝を付けての腕立て伏せしか出来なかった。今では二人とも膝を付けずに何回も腕立て伏せが出来るようになっている。この一年間、筋肉痛で身体が悲鳴をあげても、決してトレーニングを休まずに続けてきた。全てはこのステージのため。この瞬間のため。だからこそ、一片の悔いも残したくない。

「出番三分前です」

パンプアップを終わらせると、希美子は深呼吸して乱れた呼吸を整える。和代は希美子のそばに来ると、耳元でそっと囁いた。

「二人そろって、アカデミー主演女優賞ね」

希美子の顔から緊張感が完全に消えた。

「そうね、とことん女優を楽しみましょう」

大会関係者から舞台袖で一列に並ぶように指示が入った。ギリギリまでパンプアップに勤しむ者もいればメイク直しに勤しむ者もいる。和代の前に四番の女性が来た。四番…ユキナの母親だ。

「あっ…」

和代は思わず声を出してしまった。

「えっ？」

ユキナの母が驚いた様子で後ろを振り返った。

「あっ、ごめんなさい。緊張しちゃって、思わず声が出てしまいました」

和代は慌てて謝った。

「私も初めて出場するんで、ずっと緊張しっぱなしです」

ユキナの母はニッコリと微笑んだ。この人がユキナの母…そう思うと和代は不思議な感覚を覚えた。

観客席の美咲は二人の登場を固唾を呑んで待っている。三人の中で一番緊張しているのは美咲かもしれない。和代については安心だ。カズちゃんならステージで堂々とした姿を披露すると確信している。しかし希美子のことは心配でたまらない。出場者全員がステージで堂々と振る舞う中、お母さん一人だけ怖気づいて震えてしまうのではないか…そう思うと心配でたまらないのだ。

「エントリーナンバー五番、水瀬和代」

和代がステージに登場した。凛とした表情の和代は華麗なウォーキングでステージ中央に立ち、そして客席に向かって完璧な笑顔を作った。そこから流れるように美しいステージングを披露。和代がポーズをキメるたびに各所の筋肉が割れ、さらに照明の効果により全身に筋肉の陰影が現れる。

ステージを見た美咲はただただ驚いた。自分が知っているカズちゃんではない。そこにいるのは、美しくてパワフルなワンダーウーマンだ。美咲は感動のあまり目頭が熱くなった。ステージングを終えた和代は、風のように颯爽とステージ袖へ消えていった。さぁ、いよいよ希美子の出番だ。

「エントリーナンバー十二番、大江希美子」

希美子がステージに登場した。ゆっくりとステージに登場すると、優雅にウォーキングをしてステージ中央で止まった。そして翼を広げるように両腕を上げて、観客に向かって優しい笑顔を送る。弱点だった希美子の肩は筋肉が明らかに発達し、上半身と下半身のバランスが見事に整っている。肩の筋肉が発達したことでウェストのくびれが強調され、女性らしいシルエットが形成された。希美子は指先まで神経を行き届かせ、美しくターンをして滑らかなステージングを存分に披露した。それから母性的で優しい笑顔を客席に残すと、優雅にステージ袖へ消えた。ついさっきまで心配していた美咲は、ただただ呆然とする。これが本当にお母さんなの？　母親の自信に満ち溢れた堂々たる振る舞い。それはまるで舞台女優の姿に見えた。

出場者が出揃ったところで比較審査が始まった。出場者十六名全員がステージに並んでポージングを行なう。正面・右側面・背面・左側面、計四パターンのポーズをとり、審査される。そこから十名が選出され、選ばれた者だけが二次審査へ進む権利を得られるのだ。

観客席にいる涼は、真剣な眼差しで比較審査を観察する。和代は十六名の中でも筋肉のメリハリが突出して良く見えた。希美子は女性らしいS字ラインが他よりも際立ち、全身のシルエットが目立って良く見えた。全くタイプが違うが、それぞれの長所が審査員の目を引いているのは確かだろう。特に和代はベスト3に入る可能性が極めて高いと判断した。それほど良く見えたのだ。

一次審査が終わり、希美子と和代は控え室へ戻った。二人とも本番を終えたばかりでクタクタだ。

「はぁ、緊張したぁ。お疲れ様でした」

「お疲れ様でした。疲れすぎてお腹ペコペコ、お弁当食べよう」

和代はあっけらかんとした様子で希美子が用意した弁当を食べ始めた。審査終了と同時に会場全体がお昼休憩に入る。出場者たちの栄養補給タイムだ。

「無事に一次審査が終わったね。緊張したけど凄く気持ち良かったわ！　希美子さんは？」

「私も最初は緊張したけど、途中からめちゃくちゃ気持ち良くなった！」

二人とも人生初のステージを終えて気分爽快だ。一年間の学びと努力の全てをステージで出し切り、そんな自分に手応えを感じている。今まで経験したことのない達成感が全身を駆け巡る。

「今のこの状況、一年前までは絶対に考えられなかったよね」

「本当にそう。レトロ本舗で和代さんが一緒に出場しようって言って…本当にそうなっちゃった」

和代のスマホからラインの着信音が鳴った。送り主は涼だ。

『お疲れさん　二人ともすごく良かったよ　一次予選はどちらも通過すると思う　二次予選も気を抜かないように、しっかりパンプアップしてください』

和代は希美子に内容を伝えた。すると今度は希美子のスマホにラインが届いた。送り主は美咲だ。

『お母さんもカズちゃんもキレイでビックリした！　二人とも実は別人なんじゃないの？』

美咲のメッセージをそのまま和代に見せると和代は大爆笑した。

「別人疑惑が浮上かぁ」

すると控え室のドアがノックされた。大会の関係者のようだ。

「これから一次審査の通過者を発表します。中に入ってもいいですか？」

賑やかだった控え室は、一瞬にしてピタッと音が消えた。全員が自分の番号を呼ばれることをひたすら祈る。控え室の中に緊張感が張り詰める。

「それでは通過した人の番号を読み上げます。二番、三番、五番、六番、九番、十一番、十二番、十三番、十五番、十六番、以上十名が一次審査通過です」

和代は五番、希美子は十二番、二人の番号が呼ばれた。二人揃って一次審査を通過した。喜ぶ者もいれば、肩を落とす者もいる。番号を呼ばれなかった人は暗い表情で荷物を片付け始めた。その姿を見ると、大っぴらに喜びを表現することは出来ない。残酷だが、これが美ボディ大会なのだ。

「お疲れ様でした。二人とも凄く素敵でした。二次審査も頑張ってください」

二人が静かにお弁当を食べていると、後ろから落選した女性が声をかけてきた。振り向くと、竹本ユキナの母親がいた。ユキナの母は一礼して、それから控え室を出て行った。ユキナの母もこの日のために努力を重ねてきたに違いない。もしかすると自分達以上に苦しい思いをしたかもしれない。それでも通過者にエールを送り、清々しく控え室を出て行く姿はとても美しく感動的であった。

「ねぇ、ユキナと同じ会社だってこと、伝えてもいい？」

「もちろんよ。追いかけましょう」

二人とも慌てて控え室を飛び出すと、十メートルほど先にユキナの母の姿があった。

「竹本さん！」

和代が大声で名前を呼んだため、ユキナの母は驚いた顔で振り返った。

「あの…ユキナさんのお母さんですか？」

今度は娘の名前を呼ばれ、ユキナの母はさらにビックリする。

「はい…えっ？　娘をご存知なんですか？」

「私たち、ユキナさんと同じ会社なんです。お母さんが美ボディ大会に出場するとユキナさんから聞いたもので、もしかしたらと思って…」

事情を理解したユキナの母は、顔色がパッと明るくなった。

「ユキナがいつもお世話になっています。あの子、いつまでも子供っぽくて困ってるんですよ。何でもかんでもヤバイばっかり言って…。会社で失礼なこと言ったりしてませんか?」

母の言葉に、二人とも思わず吹き出しそうになる。

「ユキナさん、とても頑張ってますよ。そういえば、以前ユキナさんにヤバイって言われました」

和代の言葉に、希美子は何を言い出すのだろうとハラハラする。

「私、元々太ってて、頑張ってダイエットしたんです。そしたら痩せてヤバイぐらいキレイになったから美ボディ大会に出たらどうですか? って、ユキナさんが私の背中を押してくれたんです」

ユキナの母はとても嬉しそうな反応を見せた。

「そうだったんですか。あの子、思ったことをすぐ口に出すんです。お二人のことが凄く美しく見えたんだと思います。今後ともユキナのこと、よろしくお願いします」

「こちらこそ、わざわざ足止めさせて申し訳ありませんでした」

「声をかけてくださって、ありがとうございました。次の審査も頑張ってくださいね」

ユキナの母は丁寧に会釈し、その場を去っていった。

「ヤバイ…私、お母さんと話した途端にユキナのことが愛おしく感じてきた」

「うん、私も同じ。竹本さんのお母さん、凄く素敵ね」

二人並んでユキナの母の背中が見えなくなるまで見送り、それから控え室へと戻った。和代は涼に、希美子は美咲に、それぞれに一次審査を無事に通過できたことをラインで報告。

『やったぁ！　二人とも絶対に通過できると思ってた　午後からも頑張ってね』

美咲は希美子にラインを送ると、続いて昭次にラインを送った。

『お母さん、一次審査を通過しました　すごく堂々としててビックリ　そちらはいかがですか？』

『お母さん、やっぱり凄いね　こちらはこれから楽器を搬入して準備が整ったらリハに入ります』

昭次のメッセージを見た途端、美咲は高揚して心臓がドキドキした。昭次のバンド『ファルコン』のライブは午後七時から始まる。母親のステージの後、父親のステージが見られる。こんな日が来るとは一年前までは想像すらしていなかった。まるで夢の中にいるようだ。

お昼休憩が終わり、午後の部が始まった。当初は午後一時四十分から二次審査がスタート予定だったが、午後三時十分から二次審査がスタートすると関係者から指示が入った。音響装置の不具合が発生して、進行が大幅に遅れているらしい。

「なかなか予定通りには進まないものね」

和代はそう言いながら、昭次のライブの時間を気にしていた。あっという間に午後二時半になり、二人は二次審査に向けて始動する。メイクとヘアを仕上げてから、今日二回目のパンプアップに入った。二人とも腕と肩が悲鳴を上げているが、それでも止めずにやり続けた。今回はとても落ち着いている。ステージに立つのはこれが人生で最後かもしれない。だからこそ悔いの無いように全てを出し切りたい。ステージを思いっきり楽しみたい。心からそう思った。二人とも思いは同じだ。

「エントリーナンバー五番、水瀬和代」

「エントリーナンバー十二番、大江希美子」

一次審査を通過した十名がステージに並び、そこから比較審査に入る。審査員は選手を三〜四名ほどピックアップし、それぞれを比較しながら点数を付けていく。希美子も和代も何度か審査員からピックアップされて比較を行なった。観客席の美咲はハラハラした様子で二人を眺める。一方の涼は、真剣に比較審査の内容に注目した。二次審査は緊張感がほとんど無く、とても自然な流れでステージングができた。約十五分間の比較審査が終了し、全員ステージから退場する。

「うわぁ、喉がカラカラ。死にそう」

控え室に戻った和代は急いで水をガブ飲みした。顔も身体も汗が吹き出している。

「お疲れ様です。はぁ、何とか無事に終わったね」

「うわぁ、パンダが二匹いる！」

アイメイクが汗で流れ落ちて、二人とも目の回りが真っ黒だ。

「これから二次審査の通過者を発表します。中に入ってもいいですか？」

関係者が控え室のドアをノックした。再び控え室に緊張感が張り詰める。和代は五番、希美子は十二番、二人とも神に祈るような気持ちで指を組んで目を閉じた。

「それでは通過した人の番号を読み上げます。二番、五番、九番、十一番、十五番、以上五名が二次審査通過です。呼ばれた人は最終審査に入りますので、そのまま待機してください」

和代は二次審査を通過、希美子はここで落選となった。

「和代さん、おめでとう！　いよいよ最終審査よ。凄いじゃない！」

希美子は目を輝かせながら和代を称えた。自分は落選したが、和代が最終審査に進んだことがただただ嬉しい。だが和代は残念で仕方が無い様子だ。

「ありがとう。けど…希美子さんと一緒に最終審査に進みたかった…」

「そう言ってもらえて嬉しい。一次審査を通過できると思ってなかったから、自分の中では大満足なの。それよりもステージに立てたことが何よりも嬉しい。本当に貴重な経験だった」

希美子の目から涙が溢れた。笑いながら泣く希美子を見て、今度は和代の目から涙が溢れ出した。

「二人ともますますパンダみたいな顔になってる」

お互いのパンダ顔を見て同時に吹き出した。すると関係者がドアをノックし、控え室に入ってきた。

「最終審査は五時二十分の予定でしたが、大会の進行が押していて六時十分スタートになります」

最終審査は午後六時十分からスタート。審査が終わった後に結果発表があるので、美ボディ大会が終わるのは早くても午後七時半は過ぎる。昭次のライブは午後七時からスタート予定だ。完全に間に合わない。会場からライブ会場まで片道三十分はかかる。さぁ、どうしようか…。

「最終審査まで二時間あるから、美咲と合流して和代さんのアイメイクを直してもらいましょうよ。あの子、メイク道具一式持ってきてるし」

希美子の言葉に和代は全く反応しなかった。どうするべきか頭がいっぱいで、何も入ってこない。

「えっ？　何か言った？」

「アイメイクよ。その顔でステージに立ったらパンダのコントみたいなるでしょ」

「パンダのコントね…それもいいかも…」

完全に心ここにあらずな和代を見て、希美子は心配になった。

「和代さん、大丈夫？」

「えっ？　大丈夫、大丈夫。ごめん、ちょっと考え事してた。それで、何だって？」

「アイメイクよ。美咲を控え室に呼んで、メイク直ししてもらいましょうよ」

「そうね。けど関係者以外は控え室に入れないのよ。だから美咲ちゃんは入れないと思う」

「それじゃ美咲とどこかで合流してそこで直してもらいましょうよ。せっかくの最終審査なのに、パンダの顔じゃ台無しよ」

和代はまだ頭の中で考えをめぐらせている。

「そうね、美咲ちゃんと合流しましょう！　急いで美咲ちゃんを呼び出してくれる？」

何やら和代が慌てた様子で言うので、希美子も慌てて美咲にラインを送った。

『二次審査、お母さんは落選でした　どこかで合流して和代さんのメイク直しをお願いします』

『北口のドアの右側に階段があります　階段を上がって左側の長イスで待ってます』

『わかりました　今から向かいます』

希美子と和代が合流場所へ向かうと、美咲はすでに長イスに座って待機していた。

「本当だ。アイメイク、かなり崩れてるね。カズちゃん、ここに座って」

「美咲ちゃんがいて本当に助かった。ありがとうね」

美咲はすぐにメイク直しに取りかかり、和代の顔はパンダから別人級美人に戻ることができた。

「次は希美子さんのメイク直しをお願いします」

「えっ？　私はいいわよ。落選してステージに立たないし、メイクを落とすだけだし」

和代は意味ありげな表情で美咲の方を見た。

「お母さんのメイク直し、お願いね。できるだけ上品に仕上げてください」

「了解です。お母さん、ここに座って」

美咲は希美子のメイク直しに入る。ステージ用ではないので、アイメイクを控えめにして上品な大人の女性のメイクに仕上げた。仕上がりを見た和代は嬉しそうに拍手を送る。

「希美子さん、凄くキレイよ。それとこれ、私からのプレゼント。美ボディ大会に一緒に出場してくれて、本当にありがとう。そのお礼です」

そう言って、いきなり大きな紙袋を手渡した。

「えっ？　何？　何で？」

突然のプレゼントに希美子はあたふたする。

「私達のワイン好きの友情に感謝を込めて、私からのプレゼント。赤のジャンプスーツです。赤は赤でも、深みのあるボルドー色にしました。これからも末永く宜しくお願いします」

「そ、そんな…。私、何も用意してないのに、私だけ何だか申し訳ないわ」

「ジャンプスーツ着てるところ、今すぐ見たいわ。荷物、控え室に置きっぱなしでしょ。荷物をまとめるついでに、それに着がえて見せてよ。それが希美子さんから私へのプレゼント」

和代の横で美咲も嬉しそうに目を輝かせている。

「お母さん、絶対に似合うよ。和代さんがそう言ってるんだから、早く着がえておいでよ」

希美子はちょっと照れ臭そうにしながら、慌てて控え室へ向かった。希美子の後ろ姿を見送った後、和代は美咲の方をくるりと向き直す。

「ごめんね。ライブ会場へは希美子さんと美咲ちゃん二人で行ってちょうだい」

十五．ラブストーリーは突然に

「えっ？　カズちゃんも一緒に行くんじゃ…」

「その予定だったけど、時間が押してしまって七時までに会場に着けないのよ」

「七時を過ぎてもいいよ。八時になってもいいから一緒に行こうよ。ね、そうしようよ！」

必死に懇願する美咲に、和代は厳しい表情を向ける。

「それはダメ。お父さんもこの一年間、この日のために会場を押えて一生懸命練習したんだから。二人は予定通り七時までにライブ会場に入ってちょうだい。約束は守らないとダメ！」

美咲は黙り込んでしまった。

「私もこの日のために一生懸命頑張ってきた。これはね、五〇歳になった自分から自分へのプレゼントなの。だからこの後は自分のことだけに集中させてね。今からお母さんにこれまでの経緯を話します。その後のことは美咲ちゃんに全て任すから。美咲ちゃんはもう立派な大人よ。アンパンマンの助けはここまで。それにね、希美子さんは美咲ちゃんが思ってるよりもずっとずっと強い人よ。何を聞いても冷静に受け止められるから安心しなさい」

美咲の目からポロポロと涙が溢れ出す。

「うん、分かった。ありがとう。本当に…」

通路の向こうからジャンプスーツを着た希美子がこちらに向かって歩いてきた。

「美咲ちゃんにお願いがあるの。私ね、若い頃の二人の写真が凄く好きなのよ。昭次さんがギターを担いで希美子さんは真っ赤のジャンプスーツを着て、二人で思いっきり青春してますって感じの写真があったでしょ？　あれが特に気に入ってるの。今日、あれを再現した写真を撮影して私のスマホに送ってくれないかな。二人にはカズちゃんたってのお願いって伝えて」

「オッケー、任せてよ。私もあの写真が一番好きだから、絶対に撮って送るからね」

涙を拭いた美咲はいつもの明るい表情に戻った。

「お待たせしました。サイズもピッタリだしデザインも素敵で凄く嬉しいわ。ありがとう」

「お母さん、凄くキレイだよ」

嬉しそうに母親を眺める美咲を見て、和代は無事に役割を果たせた気持ちになった。和代は深みのあるボルドー色の上品でエレガントなジャンプスーツを選んだ。今の希美子に良く似合っている。

「本当にキレイだわ。今の希美子さんは間違いなく自分至上最高よ！」

和代の言葉を聞いて、希美子は照れ臭そうに笑った。

「今から告白することがあるの。ずっと黙っていてゴメンナサイ。実はね…」

和代がこれまでの経緯を話そうとした時だった。

「待って！」

美咲は和代の言葉を遮るように叫んだ。

「私からお母さんに全て説明します。だからカズちゃんは自分のことだけに集中してください。私は大丈夫だから何も心配しないでね。このままお母さんをライブ会場に連れて行きます。ちゃんと写真も撮ってそっちに送るから。カズちゃん、本当にありがとう」

訳が分からない希美子はキョトンとした顔で美咲を見た。すると通路の向こうから涼が現れ、三人の姿を見つけると慌てて駆け寄ってきた。

「あっ、涼くん！　お疲れ様です。この方がコーチの涼先生よ。娘の美咲です」

希美子は涼に美咲を紹介した。美咲と涼はこれが初対面だ。

「お疲れ様です。はじめまして、トレーナーの岩田涼です」

「はじめまして、美咲です」

二人に挨拶すると、涼は和代の方を向いた。

「和代姉ちゃん、二次通過おめでとう。で、お願いって何？」

「呼び出してごめんね。涼くん、悪いけど、私の車でこの二人を送って欲しいのよ。場所は美咲ちゃんが案内してくれるから。これ、私の車のキー。会場の右側のパーキングに停めてるから二人を届けて欲しいの。最終審査まで一時間あるから、二人を送ったらまた戻ってきてよ」

和代の表情を見て、涼は何かうかがい知れない事情があるのだろうと察した。

「了解！　それじゃ車を取りにいって、会場の入り口前で待ってるよ」

事態が飲み込めない希美子は、ただただ困惑する。

「何？　何なの？」

「希美子さんと美咲ちゃんにどうしても行ってもらいたい所があるの。これは私からのお願いです。詳しい話は美咲ちゃんから聞いて。涼が会場の入り口で待ってるわ。行きましょう」

訳が分からないまま、希美子は二人に誘導されるがまま会場入り口に向かった。

「私はこれから最終審査に向かうから。希美子さんもこれから最終審査に向かってもらいます」

「えっ？　最終審査？」

涼がクラクションを鳴らして三人に合図を送り、美咲と希美子は流れるように後部席へ乗り込んだ。

「それじゃ涼くん、よろしくね。頼んだわよ」

「了解」

すぐに車を発車させた。三十秒ほど車内に妙な沈黙が流れる。

「それで？　これって、どういう事なの？」

希美子は落ち着いたトーンで美咲に問いかける。

「ちょっと待って…」

美咲は急いで頭の中を整理し、それからゆっくりと話し出した。

「お母さん、黙っててごめんなさい。実はね…」

希美子に内緒で昭次と会っていたこと、昭次のバンド『ファルコン』のインスタを見つけて自分からメッセージを送ったこと、そのことを和代に相談したこと、和代と昭次と三人で会ったこと、美ボディ大会に出場することを前から知っていたこと、今日のために昭次もライブ会場をおさえていたこと、そしてファルコンのライブに向かっていること、全て洗いざらい話した。途中、何度も「黙っててごめんなさい」と言い、その度に美咲の目から涙が溢れ出す。希美子は何も言わず、最後まで落ち着いた様子で話しを聞いた。

「だいたいのことは分かりました。本来なら和代さんと三人で行く予定だったのが、急遽二人だけになったたってことね」

美咲は小さく頷いた。涼は黙ったまま、ひたすら前を向いて運転する。

「涼くん、ごめんなさいね。せっかく和代さんが最終審査まで残ったっていうのに、こんな家庭内のゴタゴタに巻き込んでしまって」

「いえいえ、こっちのことは全く気にしないでください」

また車内に妙な沈黙が流れる。二〜三分ほど沈黙が続いた後、涼が口を開いた。

「あの…部外者の自分が口を挟むべきじゃないのですが、ちょっとだけ喋ってもいいですか?」

涼の言葉によって、車内の重たい空気が少し軽くなる。

「どうぞ…何でも言ってください」

美咲は救いを求めるような口調で涼に声をかけた。

「話を聞いたというより、話が聞こえてしまったんですが…。去年、祖父の七回忌の席で和代姉ちゃんと久しぶりに会ったんですよ。その時、和代姉ちゃんは美ボディ大会に興味を持ったんですよね。五〇歳になった記念に何かしたい、美ボディ大会は何かビビビッときたって」

「そう言えば、そんな風に言ってましたね」

「もしかしたら五〇歳の記念よりも、二人の力になりたくて美ボディ大会に出場したのかも…」

「そうなのかな…そうかもしれませんね」

希美子は小さく呟いた。

「昔ね、ボクがまだ十歳の時の話ですけどね。富士急ハイランドのドドンパってジェットコースターに乗りたくて仕方ない時があったんですよ。両親に言ってもなかなか連れて行ってもらえず、子供だったボクはずっとふて腐れて泣いてたんです。そしたら和代姉ちゃんが有給休暇を取って、すぐに富士急ハイランドに連れて行ってくれたんです」

「その話、前にカズちゃんから聞いたことがあります」

「そうね、この間うちに来た時に言ってたわね」

二人の声のトーンが明るくなったのを確認し、涼はそのまま話を続けた。

「困ってる姿を見ると、自分が何とかしようとすぐ行動に移す。昔からそういうタイプなんです」

美咲の困った姿を見て和代は何とか力添えしようとしたに違いない。希美子はそう解釈した。

「和代姉ちゃんと…何て呼べばいいのか…お父さんでいいですかね。和代姉ちゃんとお父さんとは直接会って話をしてるんですよね」

「はい、話しました。カズちゃんからお父さんにいくつか質問して、お父さんはそれに全て答えて。お父さんもこれまでのこととか色々とカズちゃんに話しました」

美咲の目がまた涙で潤む。

「これも勝手な想像ですが、お父さんの人となりを見て、希美子さんとまた引き合わせてもいいと判断したんだと思いますよ。和代姉ちゃんって、その辺りは結構シビアな人だから」

美咲にとって、今の涼はまさに救世主だ。

「話を聞いて分かったのは、和代姉ちゃんは二人のことを凄く大切に思ってるってことです。二人が特別な存在なんだっていうのがよく分かりました。ボクの独り言は以上です」

涼の言葉を耳にして今度は希美子の目が涙で潤む。そうこうするうち、ライブ会場が見えてきた。

「無事に着いてよかった。ボクは和代姉ちゃんのサポートがあるので、すぐに会場に戻ります」

希美子と美咲が車を降りると、涼は運転席の窓から軽く顔を出した。

「希美子さん、心と体の繋がりを感じてください。そうすれば、どんな場面でも上手くいきます」

「心身一如ですね。はい、分かりました。ジムで色々なことを教えてもらったけど、最後の最後まで涼くんからたくさんのことを学びました。本当にありがとうございました」

希美子と美咲は涼に向かって深々と頭を下げた。

「それじゃ、さようなら。お父さんの演奏、ボクも聞きたかったです」

そう言うと、涼は会場へ戻っていった。

開場まで時間があるので、会場近くのカフェに入って時間を潰すことにする。ライブが始まる前に希美子に伝えるべきことがあるのだ。入店とほぼ同時に窓際の席が空いたのでそこに着席する。

「あのね、カズちゃんに若い頃のお父さんとお母さんの写真を見せたんだよね。ほら、お父さんがギター担いでお母さんは赤のジャンプスーツを着て、二人並んで写ってるのがあったでしょ？」

「あの写真、見せたの？」

希美子はギョッとした表情で目を丸くした。

「そしたらカズちゃんがね、あの写真が凄く気に入ったって。今日、あれを再現したツーショット写真を撮影してスマホに送って欲しいって頼まれたの。お父さんがギター担いでお母さんはジャンプスーツを着て。お父さんにもあの写真が凄くカッコよくて素敵だって話してたよ。自分もこんな青春時代を送りたかったたって」

希美子は無言になる。美咲は希美子の顔色を窺うようにしながら続けた。

「これはカズちゃんたってのお願いだってことを二人に伝えるようにって…。そのためにカズちゃんは新しいジャンプスーツを用意したんだと思うよ。」

時計の針は午後六時二十分を指している。

「あっ、カズちゃんの最終審査が始まってるよ。もしかしたら、もう終わってるかもしれない。もう結果が出てるかもしれないね」

「本当だ。どうなったんだろうね、和代さん」

色々なことがありすぎて希美子の頭の中は混乱している。ついさっきまで自分も美ボディ大会のステージに立っていた。客席に向かってステージングを披露して、たくさんの拍手を浴びた。それは希美子の人生で初めての経験だ。その余韻が残った状態で、今から昭次と二十年ぶりに再会するのだから混乱して当然だ。

「本当に…どうなるんだろう…」

それからしばらく、希美子は無言のまま外を眺めていた。頭の中を整理する時間が必要だった。

時計の針は六時五十五分を指している。

「お母さん、そろそろ始まる時間だよ」

「うん、そうね。出る準備しないとね…」

その時だった。希美子のスマホにラインが届いた。

「カズちゃんからだよ、絶対に！　結果が出たんだよ！」

美咲は目をキラキラと輝かせ、希美子は慌ててラインを開く。

「カズちゃんから？」

ラインを開くと画像が届いていた。そこに写っていたのは、和代とユキナとユキナの母、三人が並んだ画像だった。中央のユキナは嬉しそうに優勝カップを高く掲げている。和代とユキナの母も満面の笑顔だ。希美子は目を丸くして、何度も何度も画像を見直した。

「これって優勝カップ？　和代さん、優勝？　これって…間違いないわ。和代さん、優勝だって！」

「エーッ！　カズちゃん、優勝したの？　凄い！」

それからすぐにメッセージが届いた。

『今の私は自分至上最高！　次は希美子さんの番！　とことん女優になって、昭次さんに逃がした魚はデカかったって思わせてやりな！　いざ、出陣じゃ！』

メッセージを見た希美子は思わず吹き出した。

「何？　何？　何て書いてあった？」

画面をそのまま美咲に向ける。

「いかにもカズちゃんらしいメッセージだね。そうだよ、次はお母さんの番。お父さんにキレイな姿を見せつけてやりなよ」

希美子は大きく深呼吸して美咲の方を向き、口角をキュッと上げて笑顔を作った。

「そうね、ここまで来たんだから、もう行くしかないわよね」

それから胸を張って背筋をスッと伸ばし、体型を整えた。

「いざ、出陣じゃ！」

希美子はライブ会場に向かった。

十六. フレンズ

桜の木は満開から二週間が経ち、花はすっかり散ってしまった。桜の次は新緑の季節がやって来る。昼休憩を終えた希美子は、ぼんやりと窓の外を眺めていた。鮮やかな緑色の風景に包まれながら、のんびりと過ごしたい。そんなことを考えていると、デスクの上のスマホからラインの着信音が聞こえた。

『今夜、レトロは?』

『了解です』

即答すると、すぐにサンキューのラインスタンプが届く。そのまま美咲へラインを送信。

『今夜は和代さんと女子会することになりました　少し遅くなります』

『了解　思いっきり楽しんできてね』

すぐに美咲から返事が届く。今夜の女子会が成立した。

希美子は一年前のことを思い出す。和代が美ボディ大会に出場しようと誘ってきた時も、これと全く同じやり取りだった。大会が終わった後、まだゆっくりと話せていない。聞きたいことや話したいことが山ほどある。六時半が待ち遠しい。二人とも同じ気持ちだ。

仕事を終えて、希美子はレトロ本舗に向かった。六時半少し前にお店に到着すると、和代はすでに入店していた。左手にワイングラスを持ちながら、待ってましたとばかり希美子に向かってこっち、こっちと右手で手招きをしている。早く何か言いたくて仕方がないのが見て取れる。

「お疲れ様でした」

「お互いにお疲れ様でした」

「そりゃそうだ」

希美子が笑うと和代も高らかに笑った。今日の和代はいつにも増してテンションが高い。

「その前に、とりあえずワイン！　今日はフランス産のボルドーをボトルで入れました。ボルドーは希美子カラーだからね。まずはボルドーで乾杯しましょう」

和代は店員を呼んで希美子のグラスをオーダーした。

「ボルドーに合うメニューは…やっぱりお肉よね。ビーフシチューなんてどう？」

「あっ、それいいわね。それとサイコロステーキも。今日はがっつりと肉系でいきたい気分」

テーブルに希美子のグラスが運ばれ、そのまま店員にフードのオーダーを入れた。和代はボルドーをグラスに注ぎ、希美子の前に差し出す。

「では、ワインの女王・ボルドー希美子さんを祝して」

「では、美ボディの女王・和代さんを祝して」

「乾杯！」「乾杯！」

二人同時にグラスを目元まで持ち上げて、お祝いのワインを口にした。

「ん～美味しい。さすが、ボルドー。ワインの女王だけあるわ」

「私も今日はボルドーにしようって決めてたの。このボトル、私からのプレゼントにさせてね」

「いいわよ。今日は希美子さんのお祝いなんだから」

「何でよ、今日は和代さんの優勝祝いじゃないの」

二人が言い合っていると、テーブルにビーフシチューとサイコロステーキが到着。お肉から美味しそうな湯気が沸き立ち、二人の食欲を一層かき立てる。

「さぁ、ワインもフードも全て揃ったことだし、じっくり話をしましょうか」

「そうね、まずは和代さんから。優勝おめでとう！」

すると和代は無言のままカバンからスマホを取り出し、希美子の顔の前に画像を差し出した。あの日、ライブ会場で撮影した昭次と希美子のツーショット画像だ。

「やっぱり希美子さんからでしょう。美咲ちゃん、約束を守ってちゃんと私にツーショット画像を送ってきてくれたのよ。まずはこの報告からお願いします」

画像にはギターを担いだ昭次とボルドーのジャンプスーツを着た希美子が並んで写っている。しかも和代のリクエストどおり、二人とも若い頃の写真と全く同じキメポーズだ。

「写真を見ただけで和やかな雰囲気がイメージ出来たわ。二人とも穏やかで優しい笑顔だから、何だか凄くホッとした」

「そうね。確かに和やかな雰囲気だった。高校の同窓会みたいだった」

「そっか、バンドのメンバーって全員が高校の同級生だもんね。そりゃ確かに同窓会になるわ」

和代は笑いながらボルドーワインを口にした。よほど美味しいのか、よほど気分が良いのか、今日の和代はワインが止まらない。

「ん〜、やっぱりボルドーは美味しい。それで、どうだった？　昭次さんとの再会は」

「どうって、そうねぇ…。年取ったなぁって思った」

あまりにもシンプルな答えに、和代は思わず吹き出す。

「二十年ぶりだもんね。二十年分きっちり年を取ってた訳だ。前に美咲ちゃんから若い頃の昭次さんの写真を見せてもらったんだけど、随分イメージが変わったよね。若い頃は少し尖がってる風に見えたけど、今は穏やかで温厚な印象。なかなかのイケオジじゃない」

イケオジという表現に、今度は希美子が吹き出した。

「イケオジかぁ。二十年も経ったんだからオジサンになって当然よね。それにしても二十年って長いよねぇ。私と美咲を捨てたって憎んだ時もあったけど、会った途端にお互い昔と全く同じ感じに会話してるの。妙というか…不思議な感覚だった」

希美子はこれまでの出来事を一つ一つ噛みしめるように話し始めた。

「昭次が突然家を出て行った後、昭次のお母さんが家に来て…これで全て終わりにして欲しいって言ってきたのね。この先、もう二度と昭次とは会えないんだって思った」

和代はあえて何も言わず、黙って話に耳を傾ける。

「いつか再会する日は来るのかな？　もしその時が来たら、どんな風になるんだろう。その時はお互いに笑って話が出来るのかな？　とか、これまで何回も考えた。けど私は昭次から音楽を奪ったし、向こうはもう二度と私と関わりたくないって思ってるかもしれない。それにオバサンになった私を見てがっかりするかもしれない。いつも悪い方に考えが向くの。だから再会する日のことを想像するとだんだん怖くなってきて…。会えずに終わるなら、それでも構わないって思うようになってた。美咲はそんな私の気持ちを察してたのかもしれない。だから昭次に連絡したことを言い出せなかったのかも…」

和代はワインを一口飲むと、そっとグラスを置いて希美子の方を向いた。

「だけどあの日の希美子さんって間違いなく自分至上最高だったよ。二十年前の希美子さんよりも、今の希美子さんの方が絶対に輝いてたよ」

「ありがとう。私ね、美ボディ大会に出場したことで外見よりも内面が変わった気がするの。筋トレッスンやステージの勉強で涼くんやリナ先生のところに通ったでしょ。家でもずっとトレーニングを続けた。いつの間にか、身体以上に心が強くなった気がする。美ボディ大会に出場したことで、どんな時でも落ち着いていられる自分になった。つくづく美ボディ大会に出場して良かった」

「そう聞くと、こっちも誘って本当に良かったと思う。私も一人じゃここまで出来なかったし、希美子さんには深く感謝してます。出場した人が口を揃えて〝人生観が大きく変わった〟ってコメントしてたでしょ。あの気持ち、今の私達には分かるよね」

和代はご満悦の顔でワインを口にした。

「美ボディ大会に出場したことで、自分自身に余裕が生まれた感じ。そしたらモノの見え方が大きく変わったの。全てのことが前と違って見えるの」

「それ、凄く分かる。その通りよ。身体にも気持ちにも余裕が出来たよね。私も前はやたらと年齢にこだわってたのに、今は年齢なんてどうでもいいやって感じ。還暦の自分が楽しみになってきた。アラカン、どんと来いよ。お互いに美ボディ大会に感謝よね」

そう言って、軽くグラスを持ち上げた。

「そうだ、これが聞きたかったのよ。昭次さんにね、希美子さんの真ん前でギターの速弾きを披露するようにリクエストしたんだけど、やったの？　颯爽と希美子さんの前に登場した？」

すると希美子は何かを思い出したようにケタケタと笑い始めた。

「あれって和代さんのリクエストだったのね。昭次ったら、いきなり走り出して私の前に駆け寄って来たんだけど勢い余ってステージでずっこけたのよ。見事に転倒して、それから私の顔を見ながら照れ臭そうに起き上がったの。それが二十年ぶりの再会の瞬間でした」

和代は思わず目を丸くし、それからお腹を抱えて笑った。

「えーっ、何それ！　いきなり走ってずっこけるって、オジサンのあるあるよね。昔をイメージしてやったはいいけど、身体はイメージ通りに動かないってやつ。そっか、年には勝てなかったかぁ。昭次さんに膝と足首のストレッチを教えとけば良かったわ」

「美咲もずっと笑いっぱなし。けど私も昭次も、お互いにカッコつけても仕方無いって雰囲気になって場が一気に和んだのよ。速弾きするより転倒してくれた方が私としても良かったわ」

和代の笑いはまだまだ止まらない。笑い過ぎて目から涙が出てきた。

「うわぁ、その現場、是非とも見たかったわぁ。大会の進行が遅れなかったら私も一緒に行って決定的瞬間を目撃できたのになぁ。人生って自分の思い通りにはいかないもんね」

「昭次も全く同じことを言ってたわ。俺の人生って、昔から自分の思い通りにいったためしが無いって。つくづく時の流れを感じたわ。昔と随分雰囲気が変わって、すっかり丸くなってるし」

希美子も和代もやたらと愉快な気分になり、お互いに笑いが止まらない。

「私の話はこれぐらいにして、次は和代さんの番です。美ボディ大会、初出場そして初優勝、おめでとうございます！」

「ありがとうございます」

和代は笑みを浮かべながらワイングラスを高々と上げた。

「どんな感じだった？　感想をお願いします」

「感想ねぇ…。えっ？　本当？　て感じかな。順番に一人ずつ発表されたんだけど、残り二人になった時はさすがに心臓がバクバク状態。二位が発表された時に自分の名前が呼ばれなかったから、もしかすると自分が優勝？　って。けど、ちゃんと自分の名前が呼ばれるまでは信じられなかった」

「うわぁ、私も優勝の瞬間を見たかったなぁ」

「終わった後もずっとバタバタしてたし、なかなか優勝した実感って湧かなかったのよね。控え室から出たら、ユキナとお母さんがわざわざ私を出迎えてくれたのよ」

「そうよね、竹本さんが優勝カップを掲げてたよね。三人の画像、何だかジーンと感動した」

すると和代がクスクスと笑い出した。

「何？　どうかした？」

「あの時のユキナの第一声って、何だったと思う？」

「第一声？　何だろう…あっ、もしかして、ヤバイ？」

「そう。ヤバイ！　ヤバイ！　を何回も言いながら近づいてきたから、思わずその場で吹き出したわ」

「そのシーン、想像すると可笑しい」

希美子はお腹を抱えながら笑った。

「この際、ヤバイ五十代ってのも悪くないかも」

「ヤバイ五十代？　それってどんな五十代？」

「どんな？　そうだなぁ…イタい五十代？　イケてる五十代？　今度ユキナに聞いてみよう」

二人同時にお腹を抱えて笑った。

「そう考えたらヤバイって便利よね。ヤバイの意味をどう解釈するかは個人の自由。発信側と受信側の解釈が違ってても、ヤバイを深掘りしなかったらケンカにならない」

「確かに、その通りね。ご想像にお任せにすればケンカにならないよね」

希美子が関心していると、和代は希美子のグラスにボルドーをゆっくりと注いだ。

「会場にいる時はバタバタしてたし実感が湧かなかったんだけどね。家に帰って一人になった途端、急に実感が込み上げてきたの。私って本当に優勝したんだぁ！　って。そしたら涙が止まらなくなって…恥ずかしながら一人で大泣きした」

和代の言葉を耳にした途端、希美子の目から涙が溢れ出した。

「ずっと一緒に頑張ってきたのに、一番大事な場面にいないなんて…凄く悔しいわ」

「ちょっと泣かないでよ。私がそうするように言ったんだから。それにまだ美ボディ大会は終わってないのよ。優勝したから秋の全国大会に出場が決まったの」

希美子の目から涙が消え、今度は目を大きく見開いた。

「えーっ？　全国大会に？　凄いじゃない！　全国大会は何が何でも見に行くから！」

「サンキューです。とりあえず残り六ヶ月間、涼くんのジムに通って頑張ります」

そう言うと、和代はグラスに残ったワインをクイッと飲み干した。希美子は上機嫌で空になった和代のグラスにワインを注ぐ。深みのあるボルドー色が何とも美しい。

「そうそう、もう一つビッグニュースがあるの。大会が終わった後、涼くんが彼女ですってある女性を紹介してきたのよ。誰だと思う？」

「えっ？　涼くんの彼女？　私も知ってる人ってことよね？　もしかしてリナ先生？」

「ビンゴ！　大会が終わった後、お付き合いしてますっていきなり紹介してきたのよ」

「えーっ？　本当に？　言われてみればお似合いよね、あの二人」

「さらにもう一つ、ビックリなニュースがあるの。リナ先生っていくつだと思う？」

「そうねぇ、落ち着いた雰囲気だし…三十五歳ぐらい？」

「驚くなかれ！　四十六歳だって！」

希美子は飛び出しそうなほど目を大きく見開いた。

「えーっ？　四十六歳？　私たちとそんなに変わらないじゃない。嘘でしょ？」

「私もビックリした。涼くんったら、なかなかリナ先生の年齢を教えてくれなかったのよ。そしたら和代姉ちゃんはやたらと年齢を気にするから言いにくかったって言われちゃったわ」

和代は思わず苦笑いを浮かべる。

「去年、父の七回忌に涼くんが来て珍しく実家に一泊したのね。その時、私の姉にリナ先生と真剣にお付き合いしてるって話すつもりだったらしいのよ。だから一泊したんだって。そしたら私がやたらと年齢の話題ばっかりするし、挙句の果てに美ボディ大会に出場するって言い出すもんだから、姉さんにリナ先生とお付き合いしてることを言い出せなくなったらしいわ」

「涼くんって確か三十三か三十四歳だったわよね。リナ先生は涼くんの一回り上ってこと？」

「そう、干支が同じなんだって。近々、結婚を前提で姉さんにリナ先生を紹介するらしいわ。もし結婚を反対したら、私が姉さんに援護射撃で説得するように言われちゃった」

ほんの数分の間に色々な情報が一気に入り、希美子はしばし唖然とする。

「へぇ…。皆さん、それぞれの物語があるのねぇ。私もリナ先生のことは大好きだし、援護射撃が必要なときはいつでも行きますから」

「その時はどうぞよろしくお願いします。涼くんにも言っとくわ」

金曜日の夜なだけに、レトロ本舗はお客さんで大賑わいだ。希美子は店内をぐるりと見回して、お客さん一人一人の顔を眺めた。それぞれの人生にそれぞれ物語があるんだなと思いながら…。

「そうそう、大事なこと言うのを忘れてた。美ボディの全国大会だけど、その日も美咲ちゃんにメイクとヘアをお願いしたいのよ。これはビジネスとしてだから、きちんと日当を払いますから。それからね、今回の私達のメイクが凄く好評で、涼くんがクライアントから美咲ちゃんを是非紹介して欲しいって頼まれたらしいわ。もちろんビジネスとしての話よ」

「本当？　美咲、凄く喜ぶわ。研究熱心だからビジネスとなると色々と勉強すると思う」

これを機に美咲は本格的にメイクの道に進むかもしれない。今回の美ボディ大会は、美咲にとっても大きな転機になるかもしれない。希美子は美咲の未来について頭をめぐらせてみる。

「そうだ、これ！　美咲ちゃんが送ってきてくれたんだけど、これは私の家宝にします」

そう言って希美子に画像を見せた。昭次と希美子と美咲のスリーショット画像だ。ギターを担いだ昭次とボルドーのジャンプスーツ姿の希美子の間に笑顔の美咲が挟まれている。

「この中に私も写ってるのよ。どこか分かる？」

「えっ？　和代さんが？」

希美子が不思議そうに画像を見ていると、和代は美咲の胸元部分に指を差した。

「ほら、ここ見てよ。これが私」

美咲は胸元にアンパンマンのぬいぐるみを持っていた。昔、社員旅行で和代がプレゼントしたアンパンマンだ。

「あぁ、これね。これが和代さん？」

「そう、これが私。これは四人の集合写真なの」

和代はこの画像を見た瞬間、これは美咲からのメッセージだと解釈した。カズちゃんもこの場にいるんだよという、美咲からの無言のメッセージなんだと…。和代は画像の中の美咲と目を合わせる。「何か困ったことがあったら、カズちゃんがアンパンマンになって助けに行くからね」

そう言って、このぬいぐるみを渡した。あれから二十年が経ち、美咲は初めて自分に助けを求めてきた。今回の一件は、和代にとっても美咲にとっても尊い出来事になったのは間違いないだろう。

「美ボディ大会の時、二人の記念撮影をしないで終わったでしょ。今になって凄く後悔してるの」

残念そうな口調で希美子はポツリと呟いた。

「だったらさぁ、美ボディ大会を記念してここで撮影しましょうよ。レトロ本舗の中で一度も撮影したこと無かったじゃない」

「それ、いいわね。ここはインスタ映えすることで有名だし良い写真が撮れそう」

店員が二人のテーブルを横切ったタイミングで撮影をお願いした。和代は右手に、希美子は左手に、それぞれボルドーのワイングラスを片手に持って軽く寄り添うように。

「美ボディ大会の記念撮影なんだから、リナ先生から学んだステージ用の笑顔で撮影した?」

「アッ、忘れてた。すみません、もう一枚、撮影お願いしていいですか?」

店員は快諾し、親切にも数枚の画像撮影をしてくれた。店員にお礼を言った後、早速画像をチェックする。画像を見ながら和代はケタケタと笑い出した。

「ここってさぁ、昭和レトロな雰囲気がインスタ映えするってことで、若い子から人気が出たじゃない。けど昭和生まれの私達が撮影したら、普通に馴染んでしまってレトロな雰囲気に見えないと思わない?」

「確かに、ものすごく馴染んでる」

希美子も画像を見てケタケタと笑った。二人一緒に笑いながら、しばらく画像を眺めた。

「凄く良い記念ね」

この日の飲み会はいつも以上に盛り上がった。笑いあり涙あり、二人揃って顔がクシャクシャだ。

「私はまだまだアスリート生活が続くのよねぇ。全国大会までは気が休めないわ。明後日もまた涼くんのジムでパーソナルだし。全国大会は出場者のレベルが段違いに高いから、最後まで気を抜かないようにって言われてるの」

「そうよね、全国大会だもんね」

和代はチラッと時計を見た。二人のテーブルに、そろそろお開きの雰囲気が漂う。

「希美子さんは明後日の日曜日、どうするの？　これまでずっとパーソナルで日曜日が潰れてたでしょ？　晴れて自由の身になった訳だし、どこかで羽を伸ばしたら？」

「…」

希美子の無言の間を和代は見逃さなかった。

「もしかして、昭次さんと会うとか？」

「やっぱりバレましたね。美咲の提案で三人で食事に行くことになったの。私は気乗りしなかったんだけど、美咲が行こうって誘うから…」

希美子は少し照れながら、まんざらでもない様子だ。これまで希美子に何回か男性を紹介しようとしたが、全く興味を示さなかった。異性の話題で嬉しそうにする希美子を見たのはこれが初めてだ。和代はとても温かい気持ちになる。

「いいじゃない。別に重く考える必要なんて全くないんだし。会いたいと思ったら会えばいいし、会いたくないなら会わなければいい。一定の距離を置きながら適度に付き合いたいと思ったらそうすればいい。変に自分を作ったり肩肘張ったりせず、気楽に行動すればいいじゃない」

和代の言葉を耳にして、希美子の表情はパッと光が差したように明るくなった。

「そうよね、気楽に行ってきます」

「そうよ！　五〇歳過ぎたらね、自分に素直にならなきゃ損よ」

グラスに残ったボルドーを二人同時にクイッと飲み干し、この日はお開きとなる。

「それじゃ、昭次さんに宜しく。それと美咲ちゃんに全国大会のメイクの件、忘れずに伝えてね」

「はい、分かりました。涼くんにも宜しく伝えてね。リナ先生とお幸せにって」

「了解、伝えとく」

店を出ると、思った以上の寒さに驚いた。

「うわぁ、寒いね。冷えは老化の原因らしいよ」

「老化の原因？　それはヤバイ！」

「ヤバイ、ヤバイ！」

二人で大笑いしながらヤバイを連呼した。

「さっき言ってたヤバイ五十代だけど、こんなのどう？　イタいけど意外とイケてる五十代」

「イタいけど意外とイケてる五十代？　いいね！　いかにも人生を楽しんでるって感じがして」

お互いに大きく手を振り、それぞれの家路へと分かれた。時計の針は夜十時を過ぎている。

「うわっ、もうこんな時間！　急いで帰らなきゃ！」

急に現実の世界へ引き戻された希美子は早足で家路へと向かった。

二十代の頃、
鏡の自分と目を合わせて「もっとキレイになりますように」と未来の自分に胸を膨らませていた
美貌があれば何でもできる
美しくなれば、もっと幸せになれる
あの頃はそう思っていた

五十代になってから、
鏡の自分と目を合わせて「お疲れ様です」と自分を労うことにした
恐怖心さえ捨てれば、何でもできる
美しくなれば、今よりもっと優しくなれる
今はそう信じている

あとがき

二十代の頃、小説を書こうとノートパソコンを開きました。いざ書き始めると、二行ほど書いてそれから先は何も浮かんでこない。二十代の頃の私は小説を書きたいのではなく、小説家という職業に憧れていたのです。

私が初めて大阪女子ボディビル大会に出場したのは、二十四歳の秋でした。水着姿でステージに立ち、スポットライトを一身に浴びたあの時の感動は、すっかり大人になった今でも私の心の中に深く残っています。

現状に満足できない私はさらなる高みを目指してボディビルからフィットネスへ競技を転向し、気が付けば三十九歳まで現役選手としてステージに立ち続けました。競技に邁進した十五年間は寝ても覚めても競技のことばかり。まさしく青春そのものでした。

引退後は競技者から指導者の道へ進み、現在もヨガ講師、パーソナルトレーナー、美ボディ大会出場のコーディネーターとして多くの女性の指導にあたっています。ステージに縁の無い女性が美ボディ大会出場を機に身も心も大きく変化した姿を何度も目の当たりにしました。特に五十代の女性はまるで魔法がかかったように変化します。五十歳は人生の折り返し地点と言われ、人生の後半戦をどう生きるかを真剣に考える時期です。新しい習慣を身に付ける人も多いでしょう。五十代の強みといえば、何と言っても若い頃よりも知識と経験が豊富なこと。仕事・家庭・子育て・親の介護など様々な経験を重ね、今度は自分のために何かを成し遂げたい思いに駆られる。若い頃とは違う自分なりの価値観が形成された五十代だからこそ、魔法の力が加わるのかもしれませんね。

「青春に年齢は関係ない。目標に向かって夢中に突っ走る、それこそが青春！」

そんな風に思った私は再びノートパソコンを開きました。小説を書きたい衝動に駆られ、無我夢中に筆を走らせていました。そして完成したのが『青春50きっぷ』です。

「青春50きっぷを読んで美ボディコンテストへの出場を決めました」

いつの日かそんな声が聞けたら嬉しいです。美ボディ大会に興味のある人は、是非とも挑戦して欲しい。必ず「私、今、青春真っ只中！」って気分になりますよ。

二十代の頃の私は、小説家という職業に憧れていただけでした。三十年という月日の中で知識と経験が豊富になり、五十五歳にして小説家になる夢が叶いました。これが私の『青春50きっぷ』です。

あなたの『青春50きっぷ』はどんな物語ですか？

山中 輝世子（やまな かきよこ）
愛称：キヨピー
1969年9月20日生まれ　大阪府高槻市出身　大阪府堺市在住
4歳から12歳までクラシックバレエを習得。18歳の時、兄の影響で大阪ナニワトレーニングジムに入門。1994年、24歳の時に初めて大阪女子ボディビル大会に出場し、そこから競技選手としてのキャリアをスタートさせる。
JBBFオールジャパン・フィットネス優勝（2000年、2001年、2004年）
JBBFオールジャパン・ボディフィット優勝（2004年）
ABBFアジア・フィットネス優勝（2001年）
2000年～2004年　フィットネス世界選手権日本代表選出
2006年　日本人女性初のIFBBプロ選手に認定
2008年　競技引退を表明
引退後はヨガ講師、競技育成指導、パーソナルトレーナーとして初心者からトップアスリートまで幅広く指導し、多くの選手をコンテスト出場へと導く。フィットネス競技で培ったステージパフォーマンスを活かし、各イベントにてステージパフォーマーとして多数出演。長年の競技経験を活かし、有名トレーニング専門誌にて連載をスタートさせ、これを機にライターとして本格的に活動を開始する。美容・ファッション・インテリアなどのライフスタイル記事やペット専門メディアなどで多数執筆し、現在は小説の執筆に専念。フィットネス指導者として、小説家として、二刀流のライフスタイルを送っている。

青春50きっぷ　プロフィギュアアスリート山中輝世子の贈る物語

2025年4月18日　　第1刷発行

著　者——— 山中輝世子
発　行——— 日本橋出版
〒103-0023　東京都中央区日本橋本町2-3-15
https://nihonbashi-pub.co.jp/
電話／03-6273-2638
発　売——— 星雲社（共同出版社・流通責任出版社）
〒112-0005　東京都文京区水道1-3-30
電話／03-3868-3275

ISBN 978-4-434-35475-5